繡色可餐 4

完

風 文創 290

花樣年華 著

風文創 290

目錄

第四十六章

李桓煜快馬加鞭回到顧家位於東華山山腳下的宅子，直接拍門而入。

家丁顧安這次沒敢攔他，跑著進後院通報。李小芸本是要入睡了，又急忙起身穿好衣裳，去迎李桓煜。

「大晚上的怎麼回來了？不是歐陽大將軍出事了嗎？」李小芸繫著腰間柳帶，墨黑色長髮披散在背後，一臉憂愁地望著他。

李桓煜只覺眼前一亮，深沈的月色下，李小芸彷彿仙子降臨人間，目光似流水般溫和地望著自己，朝他走來。這幅景象，一直留在他的腦海裡無法抹去，在往後的日子裡陪伴他度過無數個日夜。

「小芸。」他喚著她，從心底、從喉嚨處、從皮膚下流淌著的血液裡，深深地喚著她。他的聲音在有些涼的夜裡，好像一陣冷風，莫名刺了下李小芸的臉頰。

「煜……哥兒？」她話音未落就覺眼前一黑，有身影將自個兒攔腰抱起，抱著她轉了好幾圈。

「幹什麼！瘋子瘋子，快放我下來！成何體統……」

李小芸徹底無語了，明明是說軍務在身，要立刻離開，匆匆忙忙就走了；這才過多久，莫名其妙就又回來了，還像個小孩子似地抱起她轉圈圈。

「小芸，我好高興！」李桓煜將李小芸放在地上，認真道：「今天可高興了。」

「為何高興，不是出事了嗎？」李小芸站穩身子，右手抬起來捋了捋李桓煜胸前鬆開了的釦子。

「我……我見到太后娘娘，她……」

「太后娘娘？」李小芸驚訝喊道。「我也見過她呢。」

「妳見過她？」李桓煜詫異道，然後又想起什麼。「哦，對了，她召見過妳的，妳會不會覺得她怪怪的？」

李小芸嗯了一聲。「不過貴人大多都是挺奇怪的，他們的心思誰也猜不到，你可別衝撞了她。」

「嗯，放心吧，太后說我投她眼緣，過幾日還想宣我進山呢。」李桓煜猶豫片刻，決定將向太后娘娘求娶小芸的事情隱瞞下來。他擔心小芸會生氣，然後他又弄巧成拙；反正到時候生米煮成熟飯，小芸是跑不掉的。

李桓煜眨了眨眼睛，得意得差點笑出聲音。

「既然她老人家高看你，那……那你想著打聽下翠娘的事情。」李小芸提醒道。

李桓煜一愣，暗道，確實可以讓太后娘娘注意下翠娘的事情，反正如今這並不是秘密。

「好，下次若是有機會，我便同太后娘娘提翠娘的事情。」

李小芸笑著看向他。「睡覺去吧，我讓人收拾我旁邊的屋子。」

李桓煜怔住，一下子攥住李小芸的手腕，盯著她道：「小芸，我就睡妳外屋好嗎……我不想一個人住一間空屋子。妳知道嗎，我在西河郡一直是一個人住空屋子，心裡難過極了；妳別趕我，求妳了……」

李小芸原本堅定的心瞬間崩塌，她不由得心軟道：「好吧，那就再讓你住一日，只可以再住一日哦……」

李桓煜胡亂答應下來，拉著她一起進了房間。他目光冷漠地掃了一眼嫣紅，後者立刻識相地開始收拾床鋪。

李小芸試探道：「煜哥兒，你占了外屋，西邊還有空房，不如就讓嫣紅搭床睡？」

「不要。」李桓煜嚴正拒絕。「她住在西屋，我睡不著，不習慣屋子裡有其他女人。」

「明明是兩間屋子呢。」李小芸念叨著。

「可是是相鄰的，萬一她對我行不軌之事該如何？」

李小芸望著一本正經的李桓煜頓時哭笑不得，他是不是想得太多了……

不過李桓煜十分堅持，李小芸仍然妥協了。

最終還是跟昨日一般，她在裡屋睡，李桓煜在外屋的床榻上睡，嫣紅去旁屋。

稍後，李桓煜把被子往床榻上一扔，喊道：「小芸，幫我整理床鋪。」

李小芸走出來，沒好氣道：「自己沒手沒腳呀。」

李桓煜臉上一熱。「往日裡在西河郡就沒人管我，好不容易回來，當然要什麼都讓妳做。妳鋪的褥子暖和著呢，還有妳的香味……」

李小芸被他說得滿臉通紅。「什麼香味，我應該幾日不洗澡，熏死你算了。」

「熏我也好……只要是屬於小芸的，我都喜歡。」他說得認真，害得李小芸又害臊了，瞪了他一眼急忙回到內屋，掛上簾子，吹滅燭火睡覺。

這一夜，兩個人都睡得十分踏實。尤其是李桓煜，他得了太后娘娘的承諾，徹底將李小芸爹爹這個隱患除掉了，否則他真怕他不在的日子裡，小芸又會被她親爹娘害了。

接下來的日子裡，李桓煜彷彿又回到了在李家村的幸福時光。

每日睡到太陽曬屁股，然後同李蘭問好，追著小芸一起讀書，看她刺繡、燒飯、聊天。就這般愉悅地過了一個月，京城也沒人來通知他，直到夏子軒突然來訪。

李桓煜這才想起來，李新還在另一處等他。

他派人去尋李新，卻被告知人全讓歐陽燦帶入京城辦事了，合著獨留下他一個人在京郊住著。

李桓煜隱隱覺得不妥，卻因為貪戀同李小芸相處的時光，並未深究。

夏子軒聽聞李桓煜在別院，特意同他見了一面。

李桓煜從李小芸那裡得知李新身世，以及李新過繼給顧家的事情後，感到十分震驚。他是被父母遺棄的孩子，難免對從小沒有父親的李新生出憐憫之情，從而在與夏子軒說話的時候，非常不客氣。

夏子軒倒也沒有多在意，而是要求同他和小芸私下說話。

李小芸有些詫異，但還是依了他，遣走眾人，空出大堂來。

夏子軒望著李桓煜和李小芸，沈默好久才開口道：「近一個月來，朝堂上隱隱出現一股倒靖遠侯府的勢力。」

李桓煜一怔，難怪歐陽燦不知道跑哪裡去了。

「有人劾奏歐陽穆浪費糧餉，在前線戰事上不出力，延誤戰機；後又有人劾奏他護送俘虜不力，導致西涼國細作在京城內猖狂作歹，雖然將俘虜捉拿歸案，卻是罪大於功。在此之前，真正挑起眾多官員圍攻訓斥靖遠侯府的由頭是一本奏摺，這奏摺上明確寫出歐陽家的旁支近十年來的作惡多端、欺男霸女之事。」

李小芸和李桓煜皆感震驚，李桓煜更是道：「但凡世族都有些不長眼的親戚，但是據我所知，歐陽家在漠北已經算是家教森嚴、很不錯的世族大家了。」

夏子軒沒有反駁，抬起眼看向他。「你可知寫這本奏摺的人是誰？」

李桓煜愣住，良久，一字字道：「莫不是……我義父？」

夏子軒忽地笑了。「你果然算得上是通透之人，沒錯，正是李邵和！」

李小芸渾身一僵，她早就知曉李家村投靠了鎮國公府，那麼以後他們是不是都算做賢妃娘娘的人？可是小不點呢？李桓煜在歐陽穆手下呀，他還和歐陽燦、六皇子是兄弟呢。

「撇開這奏摺所述真假不談，卻的確徹底造成了眾多朝臣針對靖遠侯府的聲討。其實，原本去年四皇子離世的時候就有人提及，在皇帝病重期間，四皇子當政，外戚歐陽家把持朝堂政權，不過這一切被突如其來的西涼國戰事掩蓋住了；現在嘛……不過是皇上見抓住了西涼國二皇子，認為可以妥善解決同西涼國的爭端，所以重新將矛頭轉向靖遠侯府。」

李桓煜沈默片刻道：「夏先生的意思是，我義父選擇當靖遠侯府的敵人？」

夏子軒嘆了口氣。「我不清楚，此事因他而起，至少明面上看你們李家村是上了鎮國公府這條船的。」

「怎麼會這樣呢？那麼桓煜會不會有危險？歐陽家會不會報復桓煜呢？」李小芸慌張地問道。

夏子軒看了她一眼。「現在靖遠侯什麼都沒有說，異常低調；皇后娘娘在東華山住著，也沒提要回宮的事，局面尚不知曉會變成什麼樣子。但是單看皇上此次的決心，怕是想一巴掌拍死靖遠侯府。」

「燦哥兒呢？」李桓煜蹙眉道。

夏子軒搖搖頭。「一切如常。前幾日誰家舉辦了宴會，他還去了呢；歐陽穆將軍似乎也不為所動，都是該幹什麼幹什麼，一切彷彿不曾發生過。」

「六皇子呢？」

「據說是來了東華山。」夏子軒頓了片刻道：「我總覺得京城近來形勢不穩，小芸，妳和妳師父離開吧。我父親尚不知道新哥兒的存在，可是新哥兒卻是跟著歐陽燦，不知道暗中在執行什麼任務，我真怕他們會對上，變成一場殺戮……我想辦法讓新哥兒脫了軍籍，讓他跟著妳們走吧。」

李小芸看著面色憔悴的夏子軒。「夏大人，你知道的多，所以才會恐懼；我們則是什麼都不懂的小老百姓，天下再大，都是聖上的土地，你想讓我們走，可是又能躲到哪兒去？」

李桓煜也點了下頭。「以我對歐陽家的瞭解，這事情不會這般完事。靖遠侯早就曉得聖上要對付他們，不會什麼都不做就任人宰割，此次歐陽大哥敢親自押俘虜進京，肯定留有後手。」

夏子軒抿著唇角。「如今局勢，我也更看好靖遠侯府。聖上年事已高……主要是五皇子尚年幼，鎮國公府又扶不起來……」

此時，門外傳來腳步聲，三人皆是一愣，嫣紅的聲音傳來——「姑娘，夏大人的侍衛求見。」

夏子軒示意放人進來，那位侍衛遞給他一張紙條，然後退出大堂。

夏子軒看了一眼紙條，不由得愣住。他抬起頭，看著李桓煜，又看了眼李小芸，索性把紙條遞了過去。紙上寫著——

南寧，安王餘孽造反。

三人都若有所思起來。

上次聖上要治罪靖遠侯府，西涼國便入侵邊境；這次聖上要責罰靖遠侯府，消失多年的安王餘孽居然又蹦了出來。

夏子軒嘆了口氣道：「莫非真是得道者多助？連上天都這般幫著靖遠侯府。」

李桓煜沒說話，心裡卻想著，這世上哪裡有什麼上天所助，一切都是早就想出對策了吧。

安王……這兩個字對於聖上來說從來都是提不得的。

安王是聖上兄長，雖然並非嫡出，其母親卻是貴妃娘娘，比聖上生母的地位高出許多；若不是太后執意扶養當今聖上，怕是當年繼承大統的應該是安王，更何況安王曾經替父監國，是太子最佳人選。後來還是太后把其母除掉，連帶拔除安王外戚勢力。

可是安王的存在，依然讓聖上忌諱，彷彿證明著他的皇位名不正、言不順……

於是不到一天之內，皇帝就先後發落了幾批跳出來劾奏過靖遠侯府的朝臣。

除了李邵和，大部分都受到了降職責罰。

聖上先是對歐陽穆等人擄獲西涼國二皇子一事做出嘉獎，同時任命歐陽穆為南寧平亂大將軍，即刻前往南寧捉拿自稱安王世子孫兒的餘孽。什麼靖遠侯府旁支的惡行也被平反，全是假的……靖遠侯還上書請罪一番，感激聖上還歐陽家清白。

一時間，對歐陽家不滿的聲音都不見了。

歐陽穆整頓軍隊直接前往南寧，同時歐陽燦也派人來尋李桓煜一同出征——其實若不是先前歐陽穆私下有令，不許李桓煜入京，怕是早拉著他一起行動了。

李小芸對於局勢瞬間扭轉有些心慌意亂，她在李桓煜離去前，私下同他講道：「打完這場仗，咱們找人把你弄出來吧？官場真混不起，你瞧瞧這歐陽家，我以前不懂，總覺得歐陽家就是天，如今看來也是如履薄冰，日日在刀尖上走著，稍有不慎就是家破人亡。」

李桓煜捏了捏李小芸手心。「妳放心，我定會留著命回來陪妳。妳那麼笨，我放心不下。」

李小芸被他說成了個大紅臉。「都什麼時候了，你還和我調侃……」

「小芸，等我。」李桓煜垂下眼眸，深情地看著她。乘其不備，偷偷親了下她前額，這不是他第一次吻她，卻又和以前的感覺略有不同。

李小芸不知道是否是自己的心境變了，她竟有些慌張，不知道該如何是好。

「小芸，等我！」李桓煜朝她揮了揮手，便揚長而去。

李小芸站在門口，望著空無一人的漫天黃沙，足足站了半個時辰。

這段有李桓煜陪伴的生活好像一場夢，若是可以不醒，那麼一直下去也不錯……

李蘭得知李桓煜走了，心裡一陣莫名哀傷。

她的兒子也去了前線，此次連面都沒有見到，李小芸好歹和李桓煜見了數面……唉，或許不見才是最好的。

李蘭不知道該如何同顧新說起近來發生的事情，心生退縮。

京城，李邵和府上。

月亮漸漸爬上墨黑色天空，李邵和坐在案邊獨自喝酒。

旁邊的主座上是一位身穿華服的老者，老者心情似乎不好，不停嘆氣道：「邵和，你如何看待此次安王餘孽造反的事？」

李邵和沈默片刻道：「我對當年安王的事情並不熟悉，實在不敢輕易妄言。」

老者自嘲地笑了一聲。「你可知此次機會多好？我們原本打算讓俘虜承認同靖遠侯府有勾結，徹底弄死歐陽家的。」

李邵和沒說話，拿起酒壺親自給老者斟滿。

靖遠侯府背景頗深，與眾多勢力關係盤根錯節，若不是叛國罪，怕是難以一次將其連根拔起；若是沒法徹底根除這個政敵，那麼待日後靖遠侯府重新勢起便是鎮國公府的最大麻煩。

這位老者正是當今的鎮國公。

「靖遠侯這個老狐狸，他心知安王曾是聖上心底最大的隱憂，便故意扯出安王餘孽，誰知道南寧那些烏合之眾是不是同安王有關係呢！當年安王造反被判全家抄斬，還是我行刑的，根本不可能有漏網之魚。」

李邵和望著氣急敗壞的老人。「國公爺息怒。」

「息怒？如何息怒！我就知道西涼國邊境突然出事有問題，如今俘虜在皇帝手中，人家願意同我們合作，指證靖遠侯，多麼好的機會！除了通敵還有哪項罪可以弄倒靖遠侯府？偏偏此時，聖上卻猶豫了，要先處理安王的事情！」

李邵和垂下眼眸道：「國公爺莫因為此事同聖上爭執，當年安王叛亂另有因果，興許聖上是怕這件事被人發現，動搖國之根本。」

皇子奪嫡，從來沒有誰敢說自己是乾淨的。

老人不在乎地冷哼一聲。「沽名釣譽。聖上是九五之尊，誰敢多說一句？」

「但是為人君者，還是想在史冊上留下賢名。」

老人搖搖頭道：「安王不可能有子嗣活著，定是靖遠侯那個老東西造假。」

「明眼人或許都清楚真相，但是南寧內亂是真，百姓可證，聖上不可能不顧百姓，反而揪著靖遠侯不放手。更何況那俘虜是西涼國皇室，他口頭上說樂意同我們合作，到時候是否真願意說出那番話，怕是還需要聖上做出一些妥協。前些時日，街頭巷尾還有人造謠，安王餘孽之所以敢在此時露面，是想藉由聖上和靖遠侯府的矛盾起勢。」

「哼，這話怕是靖遠侯自己傳出來的吧。」國公爺同李邵和喝了幾壺悶酒。「不過邵和，此次讓你費心了，咱們繼續等吧，只要聖上心裡向著咱們，早晚能把靖遠侯拖下馬。」
李邵和點了點頭。「尚有賢妃娘娘庇佑。」
鎮國公抬起頭，看著月色，他真有些醉了，自言自語說起了好多先帝時期的往事。
李邵和怕聽到不該聽的話，急忙喚來他們家管事，扶著國公爺上了馬車送他回李府。他望著消失在夜色裡的馬車，站了一會兒才回到書房，睡不著，便鋪上一張白紙，練習大字。
約莫丑時剛到，窗戶處傳來一陣鳥聲。
他眯著眼睛，咳嗽了一下，立刻有人推門而入。
此人身形高大，朝李邵和雙手合拳。「李先生。」
李邵和點了點頭。「怎麼今日過來，可是有要事？」
「事情臨時有變，煜哥兒跟著燦哥兒去南寧了。」
李邵和愣住。「不是說好了將我兒留下？」
他本是想藉此機會讓李桓煜進學，如今都已經打點妥當，準備撤了李桓煜軍籍，讓他去國子監讀書。
「煜哥兒身分特殊，想必先生心裡有數，我們另有安排。」
李邵和皺了下眉頭，沒有多說，心裡卻有幾分責怪。
「大將軍令我傳遞給西涼國二皇子的話我都遞到了，二皇子倒是願意假意附和聖上；不過南寧亂一出，聖上對於俘虜這邊沒先前那般關注了，西涼國再如何說都是外亂，總是抵不上能夠影響皇位的安王。」

高大男子笑道：「安王一事後續有人處理，待煜哥兒隨歐陽大將軍凱旋歸來之時，定讓李先生和兒子團聚。」

李邵和哦了一聲，並未多言。「我本就是給我岳丈辦事的。」

他同逝去的妻子情深意重，連帶著同岳家秦老太爺也極其親近。

不管是當年收下李桓煜為義子，還是進京趕考，同時接近鎮國公府……都是秦老太爺的意思。李邵和不過是依照妻子遺願，好好輔佐秦家；至於秦家背後的人，他有幾分猜測，卻並未確定，如今看來，秦家是皇后黨。

李邵和不知道的是，其實秦老太爺是太后的人，如今偏向靖遠侯府。

鎮國公府子嗣大多數是沒出息的二世祖，自打李家村成為鎮國公府旁支後，國公爺便執意拉攏李邵和，對他信任有加。太后本不想動用李邵和這枚棋子，畢竟他關係到李桓煜的安危。

沒想到聖上卻想治靖遠侯府通敵死罪，讓歐陽家一輩子翻不了身，李邵和便率先聯繫秦老太爺，將此事傳出來。靖遠侯這才將早年曾暗中救下的安王世子孫兒扔出來蹚渾水，省得聖上吃飽了沒事幹陷害忠良。

不過歐陽穆確實同西涼國二皇子有些交易。

雙方同病相憐，難免惺惺相惜，所以暗中作了一些約定。

但是這份約定並不牢靠，西涼國二皇子若是尋到更好的合作夥伴，出賣靖遠侯府也是遲早的事，所以安王餘孽叛亂的事情，才會這麼快被宣揚出來。

李桓煜走了以後，李小芸的日子變得寂寞起來，好在關於歐陽家的所有流言都已經消失不見，李桓煜和新哥兒應該也沒事了吧？

太后習慣了讓李桓煜偶爾上山陪她說話，這突然一走，倒是令她極度不適應。她喚來王氏，問道：「不是說要將煜哥兒留下，怎麼又跟著歐陽穆走了？」

王氏猶豫片刻，道：「娘娘，這事皇后娘娘稟報過您。此次穆哥兒前去南寧平亂，雖然有風險卻是真刀真槍大幹一場，回來必有軍功。您當時說那就讓煜哥兒去，混個軍功……」

「我有說過嗎？」太后微微怔住，嘮叨著。「記性真是越來越差了。」

「等煜哥兒有了官身，讓他光明正大來給您磕頭。」王氏安撫著老太太。

太后唇角揚起，瞇著眼睛樂了，彷彿看到了李桓煜傲視他人的那一日光景。她想了一會兒，又忍不住唉聲嘆氣道：「皇帝不死，他怎麼領功？歐陽雪也是個心軟的，去年生病那會兒直接毒死他不就得了。」

王氏垂下眼眸，輕聲說：「畢竟一日夫妻百日恩，再如何恨，都想著那人畢竟是她兒的親爹吧。」

太后冷笑一聲。「現在後悔了吧？她的小四沒了，說起來都是自作孽。她惦念人家是娃兒的爹，人家卻沒當小四是兒子。面對皇位競爭，皇帝總是不改本色，真是不留後患，趕盡殺絕。」她一字字咬牙說出來，隨後又揚聲大笑。「所幸我們李家還有桓煜……」

「臨行前王太醫特意給煜哥兒看過身子，強壯得很，娘娘您就寬心等著，要不了幾年就能抱上曾孫子。」

李太后臉上閃過一抹動容。「日後煜哥兒的孩子可以放在我身邊教養。」

王氏愣住，太后一生無子，會帶孩子嗎？

「希望早日誕下曾孫兒，我定會護著他們平安長大。」

王氏見太后又感傷起來，道：「所以娘娘更要注重身子，您可是煜哥兒的依仗呢。」

「這是自然，我會好好熬著，把那人熬死再說。白髮人送黑髮人……真是令人期待。」

「娘娘……」

「我娘家剛倒之時，某些人的嘴臉令人終身難忘，那些曾經忠於李家的勢力，還不是樹倒猢猻散？這些年他們上面無人，自然混得不好，我一出來便又蜂擁而至……」太后面上閃過濃濃的嘲諷神色。「但是經此一事，他們也看得出來，若無李家，他們討得到好處嗎？我若是想要，一句話就抄了他們！」

王氏見太后臉色不善，附和道：「娘娘說的是。」

「有這種心思的人，若是沒有我替煜哥兒看住，日後誰管得住他們？」她揚起下巴，淡淡說著，臉色忽地一沈。「唉……不過煜哥兒哪裡都好，唯獨婚事令我煩心。」

她不由得蹙眉，臉上滿是憂愁。

王氏見太后又開始自怨自艾，急忙插嘴道：「娘娘，不就是一個李小芸嗎？娘娘什麼身分，李小芸什麼身分？她變成什麼樣還不是娘娘一句話的事情。」

太后一怔。「什麼意思？」

「奴婢認為，娘娘若是擔心李小芸日後伺候不好小主人，不如現在就把人叫到身邊來學規矩。您身邊出去的人，地位總是比一般人要高一些的。」

太后垂下眼眸，認真想了片刻，喃喃自語道：「盯著李小芸學規矩……嗯……」

「您也可以和她培養感情，看看她的為人。娘娘，既然您早晚要和她相處，不如先把她調教順了，省得日後她成了小主人枕邊人說您壞話。」

「借她十個膽子編派我。」太后不甘心地念叨著。「這道理是不錯，可是如此一來，豈不是就承認了她早晚會嫁給我孫兒？」

「娘娘，當務之急是讓小主人早日成親生下曾孫兒呀，若是嫌棄她身分不夠，也未必只有正妻才能懷孕生子吧？」

李太后點了點頭。「那好吧。」

反正日子閒散，她懶得管後宮亂七八糟的事情，心思全念著李桓煜，既然他捨不得李小芸，調教李小芸的任務自然落在她身上。

「妳去和賢妃娘娘打個招呼，就說我缺個針線宮女，相中了此次繡娘子比試中脫穎而出的李小芸，讓她尋名目給李小芸發個牌子，可以隨時進宮陪我。」

王氏奉承幾句，笑呵呵地去安排。

自打四皇子過逝後，皇后娘娘就病倒了。

所以後宮大小事全由賢妃娘娘發落，雖然聖上表面說是太后掌管後宮，實則太后一把年紀，哪裡有工夫折騰後宮瑣事？

她權勢日漸高漲，性子難免輕飄飄起來。原本以為王氏特意過來尋她是太后有何吩咐，鬧了半天就是為了個繡娘子罷了。她疑惑太后為何如此高看李小芸，便派人去查了李小芸的底子，同時知會了娘家。

鎮國公府派人一查，李小芸居然是李家村出身，立刻回話給賢妃娘娘，說這女孩退一萬步來說還可以叫她一聲姑姑。

賢妃娘娘差點噁心死了，她才懶得理這種親戚，既然太后讓她提拔的女孩是自家人，那便沒必要阻攔了。

後宮裡，專門伺候皇帝生活的單位有好幾個，其中內務府下面就有三個織造處，一個專門給皇帝用，另外兩個則服務所有的貴人們。一般來說，每次選秀年，貴人們在選宮女的時候都會挑些人去織造處；不過這些人大多數是侍女，織造處真正技法出眾的繡娘子都來自四大繡坊。

四大繡坊為了建立在宮裡的人脈，彼此達成共識，四年換一輪，若是其中有誰特別受到貴人們喜歡，那就多留幾年。

待繡娘子出宮成親時，還會收到貴人贈與的禮物。這禮物或許不是什麼值錢玩意兒，卻代表著門面，在婆家也能硬氣起來。所以對於一些進宮是迫不得已，並非將心思放在聖上身上的女孩來說，織造處是難得的肥差；也有人提前疏通門路，純粹把家裡孩子送進來歷練一下，建立好人脈就接出宮。

十一月，本是在家裡同李蘭一心研究顧氏繡譜的李小芸，莫名其妙就接了聖旨——因其在繡娘子比試中大放異彩，特別被聘入內務府底下的織造三處。

李小芸暈乎乎地捧著聖旨，其實根本不曉得什麼是織造三處。

李蘭託人去打聽方才曉得這是宮裡專門給貴人們繡衣服的地方。

李小芸大驚，抱怨道：「那豈不是累死人了？每天光是做衣裳就飽了，還能有時間鑽研繡譜嗎？」

李蘭戳了下她的前額。「妳想多了，城裡有皇商每年給貴人們提供新衣裳，誰會讓妳做啊。」

「這倒也是……」那這織造三處存在的意義……

「但是貴人們衣裳若是破了或者想要重新剪裁一番，總不能自己動手吧；宮女們的繡活又未必精細，再加上有些娘娘喜歡自己設計花樣，妳們就是給她們幹活的。」

李小芸點了點頭。「搞不明白為何讓我進宮，不清不楚的，也不曉得要去幾年？」

「據說，四大繡坊的人是四年換一輪……」

李小芸呆住。「我莫不是要在裡面待這麼多年？」

李蘭摸了摸她的頭。「妳別擔心，妳同普通宮女不一樣，每個月都有假可以回家的。小芸，織造處的繡娘子是有品階的女官呢。」

「啊？」李小芸茫然地看著師父。

李蘭揚起唇角笑了笑。「不過四大繡坊的人進去都是為了建立人脈，咱們又沒拜託人，不曉得宮裡為何會任命妳。」

李小芸也很是納悶。「總之兵來將擋，水來土掩，我看上面說年後才進宮呢，總是可以準備準備。況且……」她頓了片刻，說：「興許還能遇到翠娘呢，我挺擔心她的……煜哥兒不喜歡我去尋李旻晟，我就遠了他，如今倒是不好意思去問他。」

「妳啊，還真聽小不點的話。」李蘭無語地搖了搖頭。

「李師父、小芸姑娘……」嫣紅的聲音在門外響起。

李蘭和李小芸轉過頭。「何事？」

嫣紅走進來，手上拿著帖子。「國子監祭酒大人家來了帖子。」

李小芸一怔，伸手拿過來看，揚聲道：「阿怡生了！」

李蘭眉眼一挑。「男孩、女孩？」

「女孩，可胖了，說是眼睛擠成了一條縫。阿怡能給我寫這麼多字，可見身體是無礙的。」李小芸發自內心笑著，女人生產是大難關呀，黃怡可以平安度過就好。

「她信上還說想好好養身子，不過滿月過百日呢。」

「嗯，如此倒好。百日的時候孩子有模樣了，大人也休息得差不多，不容易著涼受風；若是梁家沒意見，我也覺得別太折騰孩子好。」

「真想去看看她，可是又不能在月子裡去打擾她。」

「她都能給妳寫信，可見是生下些時日了。」

李小芸掃了眼帖子。「半個月前就生了，真是的，光顧著研究繡譜，我都沒能陪著她生孩子。」

李蘭笑了。「傻瓜，妳一個未婚女孩怎麼可以看人生孩子？這種血腥事不吉利。」

「哦……」李小芸扳著手指算了下。「離百日還有兩個多月，正好在我入宮前。」

李蘭點了點頭。「到時候妳去參加孩子的百日宴，我就不去了。」

李小芸剛想說些什麼，卻又閉了嘴巴。梁老太君可是夏大人的親妹子，夏子軒和他爹定是會去的吧？

「還好我從幾個月前就開始給她肚裡的娃娃做小被褥，還有衣裳，用的是天藍色，不管是男、女娃都不礙事。」李小芸念叨著。

「人家肯定不缺這些。」李蘭笑道。

李小芸羞道：「可是我親手做的意義總是不一樣。」

接下來，李小芸開始為入宮做準備。

顧三娘子聽說此事後卻有些躊躇。

織造處的繡娘子大部分是通過選秀分配的，少數是四大繡坊推薦的，可是李小芸毫無背景，怎麼就被人弄進去了？

即便是四大繡坊，每次能推薦的名額都有限呢，雖說是四年一輪，還是有人不願意出宮，可沒聽說有人因為在繡娘子選拔上表現出眾，就可以隨意進宮的。

相較於顧三娘子的猜忌，李蘭和李小芸這對師徒倒是想得開，反正她們一路從小山村進京就已經是很了不得的事情，如今覺得進宮也沒啥大不了的。

日子過得飛快，一轉眼就到了黃怡閨女百日宴的日子。

第四十七章

梁府的百日宴辦得極其體面。

梁夫人的嫡親哥哥是皇上寵信的當朝重臣夏樊之，所以皇上是有賞賜下來的。不管日後朝堂走勢如何，那都是世家望族心底的猜測，至少現在的梁府盛極一時。梁老爺坐在國子監祭酒官位上多年，品級不高，卻足以積累名望，突顯梁府清貴。況且，此次梁府大辦百日宴的理由便是旁邊那府上也生了孩子，卻是個男孩，梁夫人心裡有氣，自然不肯落於人後。

李小芸又來到這熟悉的府邸，揚起頭看了一眼胡同旁門，依然是大門緊閉。門口的家丁似乎對於眼前的堵塞景象視而不見，不過來幫忙，也不說話。

李小芸垂下眼眸，隨著管事嬤嬤進了梁府。

梁府今日熱鬧非凡，高門大戶人家的婦人極多，她們看李小芸的眼神有幾分輕視，話裡話外卻都是捧著。

她心裡明白，這些人看不起她的出身，又礙於她即將進宮，因此不敢輕易得罪。所幸她不再是剛入京時的鄉下姑娘，這陣子的歷練讓她長了許多見識，倒不由得讓人高看幾分。

「李姑娘。」一道柔和的嗓音在耳邊響起，李小芸回過頭，目露詫異。「陳姑娘……」

兩人彼此看了一會兒，都笑了。

陳諾曦眉眼微揚。「當時沒能幫上李姑娘，我一直心裡有愧呢。」

李小芸急忙搖頭。「哪裡的話，本就是我病急亂投醫，陳姑娘有心幫我便已很感激。」

陳諾曦淺笑，伸出手主動拉住她。「妳的繡品我看過了，真是不錯呢，若是妳有心，我們或許可以合作。如今京城最知名的衣裳製坊，便是我的產業。」

李小芸淡笑不語。

上次她一籌莫展時，陳諾曦明面上有心相幫，卻是有條件的，當時她表現得較強硬，對方就退卻了；如今她算是入了貴人的眼，不再是默默無聞的繡娘，陳諾曦這才打開天窗說亮話。

李小芸心裡感嘆一聲，人呀，果然還是要靠自己，有分量，才會獲得他人尊重。

不過她對陳諾曦的來頭有些忌諱。

陳諾曦此女在京城名媛中算得上是獨領風騷，連三公主都追著她跑，二皇子、五皇子傾心於她，甚至連歐陽穆也為了她才退親的。

這般大人物，李小芸甘拜下風，不敢輕易招惹。事有反常必成妖，她自認出身平凡，不樂意同高門大戶有太多牽扯。

陳諾曦又同她聊了下家常，見李小芸始終只是淡淡地應聲，心底微微有些不滿。

三公主代表皇家來送賀禮，見到陳諾曦就朝她們走來。

一路上眾人同她行禮，李小芸也急忙行了大禮，恭敬道：「三公主。」

黎孜玉一怔，隨意讓其平身，她對李小芸的印象並不好。

「數日不見，沒想到竟在這裡見到李姑娘，聽聞妳過幾日要進宮呢。」

黎孜玉的口氣明顯不悅，李小芸心底一沈，低聲應了。

「諾曦，妳知道嗎，織造處經常有見到娘娘們的機會，所以從不讓外人進入，除了精挑細選的宮女外，便是四大繡坊的人。沒承想賢妃娘娘一聲令下，李姑娘算是從天而降。」她瞇著眼睛掃了一眼李小芸，略帶敵意。

「難怪當初看不上我們幫妳，原來是另尋高處了。」黎孜玉身為公主，還是皇后娘娘嫡出的女兒，從來不怕得罪任何人，說起話來便沒有陳諾曦委婉。

李小芸不否認，賢妃娘娘莫名高看她，她也有些納悶。

或許因為她來自李家村吧，至少在京中人眼裡，他們李家村就是鎮國公府的遠房親戚，前陣子李邵和還參過歐陽家……難怪三公主會當眾給她難堪。

陳諾曦微微一怔，李小芸被賢妃看重一事她是剛剛才曉得——這種宮裡的事情，她不如三公主消息靈通。

頓時，飯堂上就分成了兩派。

與鎮國公府親近的家眷們會主動和李小芸打招呼，同靖遠侯有關係的家眷們則繞開她走路。

梁府雖然既不親近皇后娘娘，也不對賢妃娘娘逢迎拍馬，但是梁夫人的嫡親哥哥是夏大人，皇帝如今眼裡只有五皇子，所以梁家算是半個賢妃娘娘黨。

百日宴開始了，梁夫人自然是大家的焦點；黃怡僅抱著孩子出來轉了一圈，因為賓客太多，她朝李小芸眨了眨眼睛，便和她擦身而過。

李小芸的身分擺在那兒，總不能過去湊熱鬧。人家一個個要嘛輩分比她大，要嘛金枝玉葉，瞧，三公主黎孜玉還代表皇室，親自抱了一會兒奶娃娃。

中午，正式開飯，黃怡乏了便帶著孩子回了內屋。

沒一會兒，一名小丫鬟附在李小芸耳邊道：「李姑娘，我們家少奶奶讓您去後院說話。」

李小芸嗯了一聲，用手帕擦乾淨唇角，跟隨丫鬟離開了前堂，走過兩處月亮拱門，進入一座安靜的小院子。

丫鬟道：「我們少奶奶原本住在正院子，但是那兒太吵，不夠清靜，現在就搬到西苑來了。」

李小芸點了點頭，跟隨她走入屋門。

「少奶奶，李姑娘到了。」丫鬟聲音極小，回過身道：「李姑娘您進來吧，大姑娘剛睡著，少奶奶在她床邊呢。」

李小芸示意她明白，躡手躡腳地走到床邊，映入眼簾的是正抬頭看她的黃怡。

「坐吧，我怕吵著她，就讓丫鬟們在外面守著，妳我不是外人，自個兒倒茶喝吧。」黃怡笑著，言辭輕快。

李小芸也忍不住笑了，感嘆道：「還記得咱倆第一次見面，我抱著個孩子，如今妳已經為人母了。」

「哈……那時候就覺得妳那麼小，居然還帶了個孩子，整個人看起來特別不協調，好在妳胖一些反而順眼多了。」黃怡給孩子整理好床鋪站了起來，走向茶桌端起水杯。「一上午快忙死了，這才來得及吃點東西喝口水。」

「妳自個兒餵奶嗎？」其實在他們村裡，自然都是當媽的餵奶，如果農活太忙了，才會熬點粥代替；不過梁府這種大戶人家，肯定要雇奶娘吧？

「我娘家幫我備了三、四個奶娘，婆婆又尋了幾個，為了要用誰的奶娘還差點吵一架。」黃怡吐了下舌頭。「妳以後有孩子就知道了，多了這麼個小玩意，整個家能亂死了。」

「可是我看妳疼她疼得緊呢。」李小芸調侃她。

黃怡笑了，滿眼柔情地看著床上的小孩子。「她是我身上掉下的肉，能不疼嗎？可惜……」她頓了片刻，沒有繼續說下去。

李小芸一愣，道：「怎麼了？」

黃怡沒說話，擦了下眼角，才道：「可惜她不是個男孩。」

李小芸急忙遞給她手帕。「快別哭了，瞧瞧妳，一會兒笑一會兒哭。」

黃怡深吸口氣。「我以前總覺得生男生女都一樣，可是現在卻不那麼認為了。」

李小芸摸了摸她的手背。「先生個閨女再要個兒子，先開花後結果呢，男孩有個長姊在上頭看著才好。」

黃怡破涕為笑。「真能胡謅，妳不用這般安慰我，我婆婆嘴上不說，心裡卻怪我肚子不爭氣。妳知道我們家比較特殊，旁邊還有個院子虎視眈眈，她雖然認下了妾氏名頭，卻是迫於無奈，現下她兒媳婦生了個大胖小子，我婆婆能高興嗎？」

李小芸搖了搖頭，小聲說：「真是看不慣這些重男輕女的。」

「我也不想啊，但是男人都在意的。我那公公，前幾天偷著去了旁院看他大孫子來著。」

黃怡垂下眼眸，眼底湧上失落的情緒，自嘲道：「不過沒關係，他們愛如何就如何，我的閨女有我和夫君疼愛就夠了。」

李小芸探著頭看向孩子。「多漂亮的娃娃，白白淨淨的，日後定是同妳一般的美人兒。」

「長得好有什麼用？我倒是希望她像妳似的，長得富態些，女孩子家能生養才好。」

黃怡嘴上說不在意，心裡其實仍非常介意的。

李小芸尷尬地摸了摸臉。「我看起來能生養嗎？」

黃怡見她當真，不由得樂了，她故作審視似地圍著李小芸轉了一圈。「嗯，屁股夠大，看著像是可以生兒子。」

李小芸無語地看著她。「妳連這個都有所研究？」

黃怡嘆了口氣。「懷孕的時候大夫就說我脈象弱，不像是男孩，接著就有嘴碎婆子說什麼旁邊那屋子的兒媳婦屁股大，她能不大嗎？她什麼出身，我什麼出身？當初婆婆為了打壓那位，給她大兒子訂了個七品縣令的女兒，據說還自個兒種過地呢。」她說完有些後悔，歉意道：「小芸，妳別誤會，我不是說妳……」

「沒事，我懂妳的意思，他們家孩子多大了？」

「比我家大丫大三個月，妳不曉得那院子生了孫子後我是怎麼熬的，旁屋媳婦生兒子，我公公日日夜夜就想過去，婆婆氣得不得了；可是祖父看望親孫子，她肯定攔不住。那邊似乎故意氣她，還留了我公公一晚，為這事兩院差點明著打起來。」

李小芸小聲道：「妳公公不是和妳婆婆感情挺好的嗎？連個姨娘都沒有。」

黃怡不屑地揚起唇角。「那是我婆婆管得嚴，妳以為我公公不想？哪個男人不是喜新厭舊？更何況旁屋那個和我公公可是有著『姊弟情誼』，如今大家都上了年紀，我公公興許覺得愧對旁屋的太太。妳想，當初公公家裡窮，掛靠著人家養活，最後中舉了卻把對方甩開，可是人家沒有以怨報怨……明明是宗族承認的大媳婦，最後竟是淪落成妾，還給他生了兩個兒子……」黃怡越說心情越差，公公越中意那頭，她婆婆豈不會把一切罪責都怪到她的身上？

李小芸安撫地摸了摸她的手。「走一步看一步吧，先把大丫養起來。大丫是咱大姑娘的小名嗎？」

提起名字，黃怡瞬間淚崩。

「阿怡……」

「名字還沒定呢，公公當年因為婆婆的事情被逐出族譜了，這兩年透過夏大人調停，再加上旁屋那位的退讓，宗族又把公公加回去了。可是說到取名字吧，婆婆偏偏說那頭是庶出，不能按照族譜排字，否則她寧可被逐出去，好歹能自個兒作主。」

「妳公公不這麼想吧？」

「那是自然，兩邊都是他的親孫兒，那頭還是男孩，妳說他怎麼想？他就想著抱孫子呢。族譜上這一代的女孩中間是『婉』字，取其溫婉大方，我還挺喜歡；最後一個字想叫『凝』，有冰雪聰明的寓意。梁婉凝，妳覺得如何？這凝字還是公公想的，也有希望她日後可以有長姊風範，凝聚弟弟、妹妹之間的感情。」

「真好聽。」

「可是婆婆偏要阻礙旁屋取名字。」

「怎麼講？」李小芸還是不明白。

「今年是辛子年，中間排字選了『梓』字，公公便打算為旁屋的孫子末字取作『宸』，可是婆婆不樂意他隨著『梓』字。」

「梁家只有嫡子才能上族譜取字嗎？」

黃怡搖搖頭，又點了點頭道：「梁家嫡子生下來就會上族譜，庶出的兒子則要到七歲進學的時候才有可能上族譜，上族譜的時候才會有正式的名字。但是我公公年事已高，抱孫心切，況且族譜上明確寫著那邊的夫人是妾，這孩子注定是庶出，便想著給他先取名字上了族譜倒也無傷大雅，可是我婆婆不同意。」

李小芸深深地嘆了口氣。「妳婆婆未必是不想給那孩子一個名字，怕是想較勁吧。」

「可不就是較勁？但是平白連累了我們家大丫。公公被婆婆惹火了，放狠話說若是我婆婆不同意那頭上族譜，這邊也一起不給上。」

哇的一聲，小孩子忽地踹開被子，哭了起來。

黃怡急忙過去抱起孩子，放在懷裡安撫一會兒。「大丫餓了吧，娘親餵。」

她說著就扒開衣服餵閨女。

「妳有奶水嗎？以前老人說不常餵就沒了。」

黃怡抱著孩子到處走動。「還有一點，但是不多了，怕是下個月就退奶了。我婆婆近來身子不好，我還要管家呢，沒法自個兒帶孩子。」

小娃娃慢慢的安靜了下來。

黃怡看著女兒閉著眼睛的面容，心底湧上一股滿足感，笑道：「妳看她哭著要奶，其實就是叼著，明明剛剛才喝過奶娘的娘，哪裡就餓了。」

李小芸站在她旁邊望著孩子。「八成是想在妳懷裡待著，覺得暖和安全吧。」

「可不是嗎？養兒方知父母恩，小芸妳以後就知曉了……」她說完臉頰一紅，道：「對了，小芸我還有事要同妳講，但是妳千萬別誤會啊。」

李小芸挑眉納悶道：「誤會什麼？莫不是妳做了對不起我的事情？」

黃怡沒好氣地掃了她一眼。「我能害妳什麼？還不是我婆婆算計庶出小叔子的婚事。」

「庶出小叔子？」

「嗯，旁院那位有兩個兒子，小的那位今年十六，正是說親的年紀。」

李小芸看著她，久久沒說話。

黃怡也沒說話，就是這般和她對視。

良久，李小芸錯愕道：「阿怡，莫不是妳想把我說給妳小叔子吧？」

黃怡臉上一熱。「不是我想，是我婆婆……她也想找個臺階下，便主動和我公公說要給小叔子說親，若是我公公答應讓她作主，她就允許那頭娃娃上族譜。我婆婆還說，她是正妻，給庶子娶妻納妾都是應該的。說白了就是名字上她服了軟，可是又不甘心，故意示威給旁院夫人看吧。」

李小芸一臉尷尬，不知道該說什麼好。「妳婆婆能看上我定是覺得我沒背景吧。」

黃怡點了點頭。「可不是嗎？她恨不得把京城好欺負的人家的女兒八字都要了。我那邊的大兒子沒參加科舉，做的是個閒差；小的在國子監讀書，打算從監生出仕。我婆婆這頭也是兩個兒子，我那嫡親小叔子年歲小又貪玩，四個兒子放在一起比較，我公公最喜歡的是我夫君還有那位『庶出』的小兒子。」

「……那個，算了吧，妳可千萬別亂牽線。」

黃怡小心翼翼地把孩子放回床鋪上。

然後她才回過身道：「我本來也挺排斥，後來仔細想了下，我小叔子人真不錯。說實話，旁院那位夫人品性佳，為人溫和，雖然小叔子是庶出，但是我公公因為愧疚，對旁院是一年比一年好；況且妳和我關係這般好，日後若是成了妯娌也不錯呀。」

李小芸忍不住失笑，黃怡見狀，發現自個兒彷彿是個媒婆，也忍不住笑了。

兩個人又說了一會兒話，李小芸把親手織繡的東西都留給黃怡。

黃怡全部笑納，調侃道：「這些我都要好好收著，沒準兒妳日後就是李大家呢。」

李小芸看了眼時辰，起身離開，黃怡吩咐丫鬟盯著孩子，自個兒親自送她。

兩個人走到月亮拱門時，正好迎面走來一個丫鬟。

丫鬟身穿紅色長裙，詫異道：「少奶奶。」

黃怡一愣，站住了。

李小芸抬起頭，見丫鬟身後還跟著一名男子。

丫鬟怔了下。「夫人令奴婢和三少爺過來搬東西。」

「搬東西？」

「三少爺」三個字在李小芸腦海裡一閃而過，頓時明白是怎麼回事。

黃怡尷尬至極，紅著臉扯了下李小芸的袖子，充滿歉意地點了下頭。

李小芸搖搖頭，示意她沒事，她連繡娘子比試都參加過了，還怕被人看呀？

「哦，那你們進去吧，我去送下李姑娘。」黃怡淡淡地說。

李小芸大大方方抬眼去看了一眼丫鬟口裡的三少爺。

那人面容俊秀，皮膚白嫩，雖然不及李桓煜英挺，卻勝在氣質溫文有禮，透著幾分書卷氣息。

她打量對方的時候，那少年也正看著她。他白皙的膚色帶著紅暈，墨黑色眼眸隱隱笑著，像是黑寶石般深邃異常。

他的笑容很淡然溫暖，給人沐浴春風的感覺。

李小芸有片刻錯愕，猶疑片刻垂下眼眸，轉身隨黃怡走了。

直到兩個人走了一小會兒，黃怡拉著她小聲說道：「是不是還可以？」

李小芸見她一臉好奇，好笑道：「是還不錯，這種人不愁說親的。」

「是不愁，我這位小叔子還挺搶手的呢，可是有我婆婆在，條件太好的她都看不上。我婆婆的性子特別恐怖，真折騰起來只能求她息怒，懶得同她說理較勁。」

「妳就哄著點吧，誰讓她是妳夫君的娘親呢。」李小芸真不曉得該如何勸她。

黃怡拍了拍胸脯。「我也算有些經驗，妳放心吧。話說回來，妳以為我婆婆為什麼想起妳啊？她挑了些門第低的老實人家姑娘弄成名冊給公公看，公公便給了旁院那位看，最後留了三個名字，其中就有妳。」

李小芸大驚。「難不成我入了那位的眼？」

黃怡調侃道：「美人兒，為什麼不是我小叔子看上妳了呢？」

李小芸臉上一熱。「別開玩笑了！」

黃怡挽住她的胳臂，附耳道：「怎麼會是開玩笑？當初繡娘子比試在演武場，誰不是親眼目睹妳出眾的風姿呢？連貴人們都中意妳，搞不好我那小叔子就對妳一見傾心了，否則我婆婆讓他搬東西，他就來啦？他傻了嗎？家裡又不是沒家丁！」

李小芸被她說得渾身發燙，害臊道：「饒了我吧，我的好姊姊。」隨即皺起眉頭。「我可是訂過親的人。」

「那又如何？金家那案子早完了，何況妳都要進宮了，妳可是正兒八經的織造處女官，就算借給金家十個膽子，他們敢碰妳嗎？」

李小芸捏了下她的手心，腦海裡浮現那張白淨無瑕的俊容……

難道他們真見過？居然有人會暗戀她？想到此處，李小芸雖然面上說不可能，心裡卻有些沾沾自喜，真想找個沒人的地方暗朝天空大喊——我李小芸也是有人喜歡的！

黃怡把她送到大門口。「搞不好哪日我婆婆真會請媒婆登門尋妳師父。」

「不會吧……」

「說不準，我婆婆向來是說風是雨的人。」黃怡一臉很篤定的樣子。

李小芸嘆了口氣。「我先進宮再說吧，興許在宮裡鬧出點事情，妳婆婆到時候連妳都不許同我聯繫，還說親呢。」

黃怡腦海裡彷彿浮現出小芸出了事，她婆婆一臉慌亂的模樣，捂嘴淺笑起來。

「妳閒暇的時候可以隨時來我這裡，我小時候身體不好，在京中沒什麼好友……」

黃怡微微有些不捨，拉了拉李小芸的衣袖。

李小芸笑著點了點頭。「先走了，我下個月就要入宮當差，仔細回想起來真是世事弄人。」

黃怡也笑了笑。「總算是沒把青春耗在金家，也是不幸中的萬幸了。」

李小芸嗯了一聲，戀戀不捨地回過身上了馬車。

轉眼間，進宮的日子就到了。

宮裡來了太監親自接她，李小芸帶著包裹進了宮。這宮裡她並非是第一次來了，卻是沒想到竟是要常住此地。

後宮織造處有三，她所在的是離賢妃娘娘最近的一處。

不過最沒想到的是，這裡居然有她的老熟人——葉蘭晴和陳翩翩。

陳翩翩聽聞她入宮自然十分開心，親自帶她熟悉織造處。

這一處代表四大繡坊的年輕女孩就她和葉蘭晴，偏偏兩人是死對頭，總是彼此較勁。李小芸一來，勢力變成了二對一，她樂得合不攏嘴。

「小芸，妳好厲害，竟是說服了賢妃娘娘嗎？我聽說是她親自下的令呢。」

李小芸一愣，心裡卻覺得發苦，她這不成了鎮國公府黨了嗎？虧他們家小不點可是皇后黨一手提拔起來的。

李小芸自認解釋不清楚，便不再解釋。

此時耳邊隱約傳來閒言碎語。

「不就是在比試中用了雙手繡法，便自以為如何。」

「怕是把繡花當成雜耍戲法了吧。」

「中看不中用……也不知道打哪兒冒出來的，據說還死了未婚夫婿……」

「命這麼硬？賢妃娘娘也真敢用她！」

這些聲音本是呢喃，卻偏偏讓李小芸聽到。

陳翩翩怕她難過，安撫地拍了拍她的肩膀，卻沒想到李小芸吐了下舌頭，一點都沒有失落的情緒。她從小難聽話聽得多了去，這些算什麼呀。

「走，讓我看看都有啥活兒，既然進宮了，總是不好什麼都不做就拿俸祿。」李小芸豪爽道。

陳翩翩見狀朝她笑道：「小芸，妳真心寬呀。」

李小芸乾笑一聲。「喜歡妳的人，妳做什麼他都喜歡；對妳有偏見的人，妳對他好，他認為妳虛情假意，妳對他壞，他認為妳狠毒心腸，既然如此，我幹麼還要吃力不討好？話說賢妃娘娘給我的這差事在織造處的品階不低，按理說該是他們要討好我才是。」

陳翩翩點了點頭。「這話有道理。走，反正除了葉蘭晴，就數妳我最大，咱倆還鬥不過她一個人？哼！」

李小芸搖搖頭。「最近咱們有活兒嗎？」

「有的，有幾件夏季的衣裳需要改。」

李小芸一愣。「這才剛過完年呢。」

「是啊，可是妳知道宮裡有多少貴人們嗎？不會只記得太后、皇后娘娘、賢妃娘娘吧……這後宮裡能被聖上翻牌子的人有兩位數，被聖上寵幸過卻忘記了的則有三位數。「那些貴人們的正裝都是外面的皇商做的，但是貴人們未必會喜歡啊，也不可能讓皇商派人進宮記錄下貴人們想要修改哪裡吧，所以咱們從過完年後就要給貴人們改衣裳。最近幾日吧，最難伺候的就是有孕的小李美人。」

李小芸微微愣住。

她不由得想起了李翠娘，當初李旻晟曾說過，她的產期和小李美人相近，所以才被賢妃娘娘故意隱瞞下來。

「這個小李美人啊，別看品級不高，卻因為懷著孕，還是賢妃庶妹，所以特別挑剔。」

李小芸嗯了一聲，沒有妄加批評。

陳翩翩又道：「她事情可多了，如今的衣裳都穿不了了，內務府要給她重新訂一批，她又因為發福得厲害，不樂意被人量身材，自己在屋子裡畫了幾個樣式就拽過來讓繡娘子們做衣裳。說什麼胸口處低垂，繡上蝴蝶，根本是恨不得言明蝴蝶翅膀要在胸前，腰部則一定要寬鬆，這才不顯得臃腫，妳說煩不煩？」

「她懷著孕呢，難道還想著要誘惑聖上？」李小芸詫異道。

「誰知道呢。」陳翩翩不高興道。

她在家好歹是個大小姐呢，進了宮裡卻被個庶女如此使喚，心裡怎麼可能痛快得了。

李小芸倒是不挑活兒，她希望能遇到挑剔的主兒，這才能進步嘛。

她做好了面對貴人們冷嘲熱諷的準備，世事卻是難料——第二日太后就扔過來個大活兒，指名李小芸負責，同時要求她必須去太后娘娘的寢宮裡完成。

這倒好，昨兒個還對她冷眼相待的幾名宮女現在反倒巴結起她來。

只因為太后娘娘怕累著李小芸，允許她帶四個繡娘子一同前往。

李小芸想不明白，怎麼平白無故先說她是賢妃黨，現在又被調往太后寢宮了？

太后脾氣可不好，先前曾被寵幸的李小花如今據說處境堪危，加上上次見面的場景歷歷在目，她總覺得太后望著她的目光有些奇怪，甚至可以說是極其詭異。

李小芸從織造處挑了幾名背景淺的宮女，其中有一名是陳翩翩的家族出身的女孩，叫做陳曉悅。陳家出身的繡娘子技法肯定沒問題，她便給了翩翩這個面子，隨後就聽聞陳家去給李蘭送了禮。

入夜後，李小芸在屋子裡看書時，聽得一陣敲門聲，她詫異道：「請進。」門被推開，竟是葉蘭晴。

李小芸一怔。「葉姑娘？」

葉蘭晴沈著臉，臉蛋通紅，咬住下唇道：「李姑娘，我……」她頓了良久，說：「我是來和妳道歉的。」

「啊……」李小芸愣住。

葉蘭晴面露羞惱。「其實我也不覺得自己如何對不起妳了，但是我家宗族長輩一直尋我爹麻煩，我不想讓我爹難看。」

李小芸大概明白是怎麼回事，想了一會兒說：「妳的道歉我收到了。」

葉蘭晴揚起眉眼。「妳這就原諒我啦？」

李小芸不由得笑道：「我幹麼不原諒妳？妳又沒害我。」

她們之間不過是有些口舌之爭，而且還肇因於陳翩翩。

葉蘭晴猶疑片刻，道：「看來是我以小人之心度君子之腹了。我承認起初是有些看不起妳，又看妳和陳家翩翩在一起，我同她從小鬥到大，便對妳口出惡言；後來妳又同李大哥……李旻晟……我心裡越發嫉妒，所以待妳態度始終惡劣，妳能不計較，我真的很驚訝。」

李小芸失笑，世人多以己度人，他們認為自個兒會介意，別人便會怨恨自個兒。其實對方真的想多了……她還沒閒工夫去做損人不利己的事情。進京後，她見多了事情，心裡說不上多善良，卻不願意失去本心。

葉蘭晴朝她施了一個大禮，正色道：「李小芸，我欠妳一個人情，謝謝妳。」

李小芸搖搖頭。「我也沒做什麼，其實一直是妳多想了。」

葉蘭晴不置可否道：「妳不需要做什麼就是最大的人情。妳得了太后和賢妃娘娘高看，我又曾經得罪過妳，衝著這一點，我爹在家裡的權力就會受到旁支挑釁。每個家族都有許多勢力，尤其我祖上還是商賈起家，偏偏許多人看不起商賈，說商人重利輕義，所以可想而知我家的現狀。妳能如此輕而易舉就原諒我，其實於我和我爹，都幫了大忙。」

「好吧。」李小芸淡淡地說。

她沒打算同葉蘭晴深交，也沒打算讓人家徹底和自個兒敵對。這都是什麼和什麼，她怎麼不覺得自己做過啥？

她哪裡曉得，對於四大繡坊來說，貴人們一個小小的要求，就能在家裡掀翻了天；尤其是她這種先是由賢妃娘娘薦舉到織造處，後又得太后親自點名給了活兒，甚至把她調到身邊的，這是多大的寵信呀。

葉蘭晴望著李小芸不大熱絡的表情，識相地離去。

次日，葉家人據說還登門拜訪了李蘭。

李小芸苦笑不已，這群人是貴人肚子裡的蛔蟲啊？會不會想太多了，做這些是防患於未然嗎？

第四十八章

李小芸帶著四名繡娘子前往太后寢宮，接待她的是王氏。王氏仔細打量了她一番後，命人拿來一幅繡品。這是一幅山河繡圖，徹底鋪開來，足足將整個大堂鋪滿。

李小芸頓時頭大，她會不會挑選太少人了？

「這幅圖，是太后娘娘年輕時同一位大家一起繪製織繡而成，送給先皇的四十大壽賀禮。先皇去世後，這幅圖就被收藏起來；可惜後宮走過一次水，還鬧過耗子，這幅圖毀壞不少，部分繡線都脫線了。太后娘娘心疼不已，本想自個兒織補，可是娘娘哪裡有這個精力？後來也不放心他人繡補，就這樣放著沒動。前幾日太后娘娘作夢，夢到了先皇和這幅畫，就讓人拾掇出來，沒想到變得這般殘破。」

王氏將此次活計來由敘述一番，眾人一陣點頭稱是。

「去年顧三娘子歸京，娘娘想著顧繡技法便是擅長繪製水墨畫再加以刺繡，就把她招進宮裡，然後顧三娘子推薦了李姑娘妳，說是妳是她的傳人。」

宮人們頓時大驚，大家只曉得顧三娘子和李蘭、李小芸有些關係，卻沒想到竟是將李小芸認成傳人了。

李小芸表情鎮定，暗道，難怪太后會點名她，原來是同顧三娘子有關係。

「所以呢，妳們好好織補，務必盡快趕好。李姑娘，如果有什麼需要幫忙的就直接說，人或者物……」

李小芸急忙應聲。「小芸知曉了，定盡快完成娘娘的心願。」

王氏指向她身後的女子。「嗯，這位是陳女官，妳們有什麼需要就尋她說話。我特意將義和苑給妳們騰出來，那裡寬敞，方便織繡。」

眾人急忙致謝。

王氏又看向李小芸。「我的意思是妳只管大方向的統籌安排，至於下針還是讓繡娘子去做就好。這山河圖寬幅巨大，不是想補哪裡就補哪裡，關鍵是要還原繡圖，所以第一針從哪裡補、收尾從哪裡，要事先安排好。」

李小芸點了點頭，她也覺得需要好好看看這圖再說；可是大圖中間有洞，不曉得曾經是什麼樣子？

王氏似乎看出她的想法。「妳同我去見太后娘娘，她會說說這圖的原貌；至於繪製，就靠妳自個兒了，妳既然繼承顧繡，我想這應該難不倒妳。」

李小芸謙卑道：「小芸遵命。」王氏從品階來說是她的上司。

「走，同我去見娘娘，其他人先看圖，看看如何入手比較好，幫妳們的女官李姑娘彙整出重點。」

「是。」眾女一陣附和。

太后回宮後，總感覺日子過得極悶。

興許是東華山環境優美，空氣新鮮，沒有這皇宮紅牆綠瓦的壓抑吧；再加上時不時還能讓李桓煜過來說一會兒話，自然認為如今的生活很枯燥了。人嘛，一旦習慣有人陪著，當那人不在的時候，就會覺得寂寞如雪。比如昨晚，她還真夢到了先皇，不過先皇沒有說那圖，而是說了些關於她娘家的事，於是心底不由得惦念起李桓煜。

太后近來對南寧平亂的事情十分關注，搞得皇帝黨還猜測她是不是又要把手伸到朝堂上了？

李小芸站在門口，待王氏進去稟過後，才出來接她。

她戰戰兢兢地來到大堂，王氏接到太后的眼色，立刻遣散人去院外守著，再自個兒關上屋門，守在窗欞處。

「太后娘娘千歲。」李小芸行了跪拜之禮。

「平身吧。」太后態度淡淡的，把手中的茶杯慢悠悠地放在椅榻旁的小方桌上。「抬起頭來。」

李小芸抬起頭，頓時感覺到一道銳利的目光盯著自個兒。這眼神十分複雜，有些不甘心，又略帶幾分看不起的情緒。看不起她還找她幹麼？李小芸實在搞不懂太后的心思。

「比前陣子見妳，妳怎麼瘦了那麼多？」太后的口氣竟和李桓煜如出一轍，滿是嫌棄。

「民……奴婢原本太胖了。」李小芸本想自稱民女，後來一想不對呀，她現在是織造處女官，可是她又不敢自稱屬下，最後乾脆自稱奴婢算了，反正只要在宮裡，誰都是皇家的奴才。

「胖？胖點有什麼不好？女孩子胖點才好生養。」

太后一臉理所當然，若不是看在李小芸一副很能生養的樣子，她會輕易同意李桓煜的要求嗎？誰不曉得她如今最在乎的就是子嗣，比當年她自個兒生不出兒子的時候還著急！

李小芸低下頭，應聲說是。她好生養不好生養，同太后她老人家有何關係啊！

太后又問道：「妳從小在農村長大，是如何開始學刺繡的？」

李小芸想了下，如實道：「我師父李蘭是村裡寡婦，我小時候生得胖，村裡小孩不愛同我一起玩，師父不嫌棄我胖，我便老去她那兒玩，久而久之，就開始學習起刺繡。」說到此處，她想起一起學刺繡的李翠娘，她既然進了宮，應該有機會能和她見面吧？

太后哦了一聲，坐在椅榻上，扶額道：「那妳平時在家都做過些什麼？除了刺繡以外……」

李小芸一怔。「給全家人做飯，餵豬、餵雞，偶爾還下地幫幫忙；不過我有兩個哥哥，種地倒是很少用上我，主要是幫我娘做家事。」

「沒有其他的了？」

李小芸很認真地搖搖頭。「沒有其他了。」

太后是什麼意思？她本是農村娃，還能幹什麼？

「哦，還有就是我……我幫村裡的李邵和先生帶孩子。李先生如今是官身，想必娘娘聽說過他。當年先生是村裡人的希望，他當年常常京城、漠北兩地奔波，所以長時間把孩子寄養在我家，都是由我來帶。孩子需要讀書，我就一起讀書，認得一些字；後來我去縣裡的如意繡坊做學徒，又有讀了一些書。」

「這樣啊……那麼管家呢？」

「管家？」李小芸不明所以地看著太后。「我家裡人少……不需要人管家。」

太后差點把茶水吐出來。

也是，村裡人加在一起都未必有當年鎮南侯府人數多，更何況李小芸就一個娘、一個爹了。

「妳懂算帳嗎？」太后不死心似地追問。

李小芸搖搖頭。「我識字，會算數，但是帳本……我沒看過。」他們家那點家產，實在是不需要記帳本。

「那妳豈不是什麼都做不了！」太后忽地有些惱怒。娶這麼個人進來幹麼啊？她能給李桓煜幫上什麼忙？

能生孩子呀！

這個念頭在太后腦海裡閃過，誰讓煜哥兒喜歡她呢？

她的怒氣隨即消了點，還認為自己很睿智，幸虧讓李小芸進了宮，還有機會教教她。

「我娘家有個繡坊，好些年沒去查帳了，妳平時可以出宮，幫我去看看吧。」太后隨意道。

李小芸可不敢隨意聽著，她目瞪口呆地看著太后娘娘，良久，一個聲都沒發出。

「嗯？」太后挑眉。

「遵命……」如何都想不明白是為什麼？

李太后好心同她解釋。「我娘家鎮南侯府死於匪難，如今沒有子嗣繼承。我當年心灰意冷，禮佛多年，這才從佛堂入世，手裡的大把產業全需要人去看顧，我沒時間顧及；宮裡倒是有人給我辦事，但是出宮都不如妳方便。在我娘家產業裡，我對那繡坊還是有點感情的，年輕時我的繡工在幾位妃子中極其出色，先皇常說我心慧手巧……」提及先皇，太后娘娘的神情微微落寞下來。

「物是人非呢……」她嘆了口氣。「王氏會派人隨妳同去。我和妳有些緣分，看妳也順眼，妳又是姓李，就順便讓妳學學吧。」

其實，她不想學呢！李小芸在心裡吶喊，望著太后一副恩澤厚重、妳莫要感激的樣子，她感到十分無語。

「這件事情，不可告訴他人。」太后淡淡囑咐。

李小芸總覺得自己陷入了一場漩渦之中，莫不是娘娘避諱著宮裡人，才讓她去幫忙？

「妳不要誤會，妳是繡娘子，那繡坊妳去走一圈比別人更能看出門道。」

李小芸不敢說不字，於是深切感恩一番，應下此事。

太后又問了些話，便放她離去，在她轉身的時候不忘再次叮囑——「若是傳出去，可會掉腦袋的。」

李小芸雙腿一軟，好想回過身求太后娘娘放過她，這種大恩她真不敢領啊……

太后望著強顏歡笑的李小芸，頓時心情大好。

他們家的門可沒那麼好入，誰讓她勾引她姪孫兒，這不過是剛開始，後面有她好受！

李小芸原本繃著的表情在踏出寢宮的那一刻，頓時哭喪起來，她敢怒卻不敢言，只能同好說話的王氏稍稍求助一下。

「王女官……娘娘說讓我去幫她看一處產業呢。」

王氏笑著點了點頭。「小芸姑娘，娘娘真是把妳當成自己人呢。」

這種自己人不當也罷，李小芸在心裡嘮叨。

「這處產業位於城南，妳先處理繡圖的事情，我到時候安排好了，待妳出宮日再辦。」

李小芸點了點頭，頓時覺得天上掉餡餅的差事果然不好做。

「李姑娘，我聽說妳還有個姊姊，叫李小花對嗎？」王氏提起李小花，想賣李小芸一個人情。人呢在她手裡，她考慮到小主人如此厭惡李小花，所以將她發配到了最辛苦的浣衣局。

「嗯，她確實是我姊姊，聽聞以前還頗得太后娘娘喜歡？」

王氏急忙否認道：「她滿嘴胡編亂造，矇騙了娘娘，現在是待罪之身；不過想到她畢竟是姑娘的嫡親姊姊，我就留了她一條命。」

這人情不經意間就送到了，還表達出對李小芸的善意。

李小芸自然連聲道謝，她雖然不想再和李小花有任何牽扯，卻是沒想過要了她的命。

「但是我也曉得她以前對姑娘不好，所以便將她發配到了浣衣局，李姑娘若是想去看她，隨時可以尋我。」

「謝謝王女官，我不想見她……」話說到此處，李小芸想起了李翠娘，既然王氏主動示好，她能不能問問呢？

李小芸咬住下唇，面露猶疑之色。

王氏是宮裡的人精，自然看出她的躊躇。

她拉住李小芸的手，停留在一處陰涼處。「怎麼，李姑娘是不是有其他事情相求？直說吧，但凡我可以做到的，必然幫妳。」

王氏知曉小主人極重視李小芸，不管太后多看不起她的出身，只要小主人一句話，太后就不敢動她。

太后娘娘如今只希望小主人親近她，自然不會去做招他煩的事情。想到眼前的女孩早晚會是小主人的人，王氏便越發想要同李小芸打好關係。

李小芸不好意思地笑道：「王女官，我們村裡除了李小花，還有一位女孩也入了宮，她叫李翠娘。」

王氏想了一會兒，道：「我覺得這名字有些耳熟。」

李小芸猶豫片刻，直言道：「我也是聽人說的，她本是賢妃娘娘屋內的宮女，後來衝撞了貴人。」

王氏愣住，張開的嘴巴成圓形。

「我知道是誰了！她前陣子小產……這件事情驚動了內務府，要知道宮裡的女孩哪會輕易懷孕？查來查去發現她應該是在賢妃屋內被聖上寵幸過，不過聖上也記不大清楚……」

王氏眼睛一亮，若是想與李小芸交好，倒是可以透過李翠娘賣給李小芸人情。「李姑娘同她關係很好嗎？」

「嗯，我們關係極好。」李小芸生怕王氏不幫她，強調道：「特別特別好……」

王氏聽著笑開了花，右手蓋住李小芸的手背。「放心吧，她沒事。」

「可是都小產了……」李小芸說到這兩個字都能紅了眼圈。

翠娘那般開朗的女孩，憑什麼被如此糟踐？

「是小產了。皇后娘娘本是要罰賢妃的，但是聖上說一切都是他的意思，所以賢妃娘娘只被禁足一個月而已。」

李小芸點了點頭，暗道這聖上可真向著賢妃，難怪朝堂上對於立太子的事觀點不一；按理說皇后有兩個嫡子，這太子還用商量嗎？

「皇后娘娘通過此事拿回了後宮宮印，念在李翠娘小產，封她為答應，品級雖然低，卻是可以被聖上翻牌子的貴人；妳若是想見她很容易，改日我來安排。」王氏拍著胸脯道：「不過，太后娘娘給妳的差事一定要做好，否則我們這群下人會很難做。」

李小芸沒想到李翠娘的事情如此好辦，心底頓時對王氏充滿了感激之情。

她擦了下眼角，哽咽道：「王女官，我一定會好好幫太后辦事，不連累您。翠娘的事情實在是太感謝了……日後若有機會，小芸一定會重重報答。」

王氏瞇著眼睛點了下頭。「會有機會的。」

李小芸只當是人家客氣安慰，由衷地行了禮，方離去。

王氏心情極好，趕忙去安排繡坊的事。

這繡坊確實是鎮南侯府下面的一處產業，但是多年沒人去收錢，便由現任繡坊坊主自己經營，收入的銀子自然落入她的手裡。太后出佛堂後，她上交了歷年來的帳冊，言明一直虧錢。王氏讓人一看便知道有假，卻沒工夫搭理她，此次正好拿來讓李小芸學習……

李小芸回去後潛心研究這幅山河繡圖，不由得對年輕時的太后佩服有加。這繡圖的布局，起筆、落筆已然是想法出眾，改成繡圖後卻絲毫沒有降低原圖的氣勢磅礴，反而更栩栩如生。世人皆道繡比畫更加死板，這幅繡圖卻不是那麼一回事；可惜這是娘娘給先皇祝壽所用，他人沒有瞻仰的機會了。
陳女官待李小芸極其熱絡，凡事有求必應。
花了半個多月的時間，李小芸總算將原圖大致復原，再召集幾名繡娘子開會吩咐任務。她本身每個月有兩次回家的機會，自然是先去忙太后娘家繡坊的事情。
李小芸沒想到的是，陪她出宮的人竟是王氏。
王氏一見李小芸便熱情地拉住她的手，偷偷道：「我前幾日去見過李答應了，雖然她因為小產敗露的事情得罪了賢妃娘娘，但是心情還算平靜，聽說妳進宮很是高興。」
李小芸不明所以道：「明明是賢妃關著她養身子，而且沒養好小產了，怎麼卻是賢妃怪她了？」
王氏搖搖頭。「這裡面的內情誰說得清楚？八成賢妃還覺得李答應暗中投了皇后娘娘，否則怎麼她懷孕的事情沒爆出來，小產了皇后娘娘卻是知曉了，還弄得滿城風雨？若不是聖上疼賢妃，替她擋災，這種拿聖上子嗣問題作文章的罪名可大著呢。」
李小芸蹙眉道：「翠娘她……」她無法相信翠娘會拿親生孩子當成籌碼，算計賢妃。
王氏嘆了口氣道：「小芸姑娘，人是會變的，比如當年的妳，可會想到自己如今這番模樣？」
李小芸一陣躊躇，竟是什麼都不想去想了……
「先忙太后娘娘的差事，待一切塵埃落定後我安排妳們見面。」王氏寬慰道。

李小芸嗯了一聲，略顯心不在焉。

王氏瞇著眼睛打量她，暗道李小芸未免過於善良，不管是為人大婦還是妾，能在大宅門裡活下去嗎？

馬車晃晃悠悠地來到城南一處大院子，門口家丁等候多時，恭敬上前道：「恭迎李姑娘。」

王氏給繡坊主人的信上並未明言自己會來，只說讓一位姓李的女官來收帳本。

李小芸淡淡嗯了一聲，王氏的眉眼卻鋒利起來。

「你家主人好大的架子！」

家丁急忙道歉。「我家主人病倒了，府裡一切的事情都是三姑娘安排的。」

王氏懶得搭理，拉起李小芸的手。「走，咱們進去看看。」

李小芸頓時覺得走路有風，數名訓練有素的侍衛跟在身後，她和王氏高昂著頭走入院門。

家丁自然是不敢攔他們，急忙命人去稟告管事的三姑娘。

這一戶人家姓崔，是當年鎮南侯府的家生子，後來得夫人恩典，全放出去了。

此時崔家三姑娘正在屋內伺候她娘喝藥，輕聲道：「娘，覺得好些了嗎？」

崔夫人剛清醒過來，她硬撐著身子道：「我聽下人嘮叨，李家那頭有消息了？」

三姑娘不甚在意地說：「前幾日楊家來消息，說是會派人來訪。」

崔夫人驚道：「妳為何不同我講？」

三姑娘撇開頭。「又不是什麼大事。娘，這產業是咱們的，我們怎麼就偏要跟作賊似的？」

崔夫人連連念叨。「妳糊塗啊，妳以為我們的主子是誰？」

三姑娘嘟著嘴巴道：「鎮南侯府，但是鎮南侯府早就不復存在了。」

崔夫人拍了下她的腦袋。「妳爹去世早，都怪我寵壞了妳。楊家有說誰會來嗎？」

「說啦，姓李，好像是個宮女，就在今日過來。」

崔夫人大驚道：「今日過來！妳不早早去門外候著，還在我這裡幹什麼？」

三姑娘蹙眉道：「娘，咱們不再是誰家的奴才，您能不能別這麼低聲下氣的？」

「作孽啊，妳個傻子！主人讓我們脫了奴籍，看守著不為人知的產業，妳便這樣待主子嗎？」

「什麼主子不主子的，您也說了這是不為人知的產業，這些年來，李家對繡坊問過一句話嗎？鎮南侯府一倒，祖父、祖母被查，爹還挨了打，繡坊經營不下去的時候，鎮南侯府在哪裡呢？如今的繡坊明明是咱們家扶植起來的，不但每年要給他們交帳本明細，還要給錢，這是為什麼？」

「混帳！」崔夫人搧了她一個耳光。

「妳這丫頭自己不要命，別連累了我的佑兒。」崔夫人氣急攻心，咳嗽起來。

此時一個小男孩推門而入，嚷嚷道：「娘、姊姊，外面亂哄哄的，說是楊家來的人硬闖。」說話的小男孩是崔夫人么兒，她連生三女才得這麼一個兒子，從小疼愛有加。

三姑娘站起身道：「我自個兒惹的麻煩，自個兒解決。娘，您都病成這般了，我先伺候您也是應當的吧？」

崔夫人搖搖頭，更覺得胸口處堵著。

她打小在侯府長大，剛成親那陣子才離開侯府。大門大戶家的規矩之多、奴婢命之賤，她的女兒是不知曉的；如果是李家沒人了，這產業他們貪也就貪了，畢竟無人知曉。鎮南侯府剛出事的時候，崔家也不是沒有過這種打算。

但是誰能想到，太后竟是熬了這些年都還活著，近來更有她會重掌後宮的風聲。

三姑娘帶著弟弟前往大堂，看到李小芸和王氏後微微一怔，隨即恭敬道：「民女見過……嗯，李女官。」

她不認識王氏，便沒有喚她。

一直替太后在京城裡整合當年遺留勢力的楊家奶奶跟著來了，急忙說：「湘兒，還有這位王女官。」

三姑娘叫做崔寧湘。她抬起眼，看向一臉肅穆、目光清冷的王氏，垂下眼眸行了禮。

「免了，我不知妳是誰，妳娘若是還活著就讓她出來吧。」王氏淡淡地說。
崔寧湘皺起眉頭。「我娘臥病在床，怕是沒法出來行禮。」
王氏冷笑。「帳呢？」
崔寧湘命人把厚重的帳本遞上來，放在桌子上。
「就這些麼？」
她恭敬回道：「幾十年來，我們每一年都有送帳本給楊家。」
楊家奶奶附和道：「王女官，這些帳本我家老爺都有訂製成冊，隨時可以奉上。」
「好！」王氏忽地大喝一聲。「來人，把這什麼湘的給我抓起來！」
「你們敢……」崔寧湘怒目相對。「你們竟敢私闖民宅，還敢動手？」
「封了她的嘴。」王氏淡淡地說，然後轉過頭看向李小芸。「我們此次是來收帳的，若是不先處置了這賤蹄子，帳本她藏了起來咱們就沒法交差。」
李小芸怔怔地點了點頭。
王氏繼續道：「我只是想和妳講，做事情要分輕重，日後待人處世，莫要衝動行事，先想明白要做什麼，待拿到想要的東西，才需要動手。」
她揚起手中的帳本，朝崔寧湘道：「單是這本假帳，我就可以要妳的命，妳這種螻蟻，我伸出手指尖掐死妳都怕弄髒了手。」
「妳憑什麼這樣對我？我們家這些年沒有功勞也有苦勞，房契、產業上寫的都是我們崔家的名字，妳現在如此，還有王法嗎？」崔寧湘怒道。

她才不認什麼鎮南侯府，鎮南侯府不但沒給他們帶來好處，倒是出事了給家裡弄來不少麻煩。

「王法？」王氏笑了。「沒錯，我根本不會對付妳，因為妳不過是一個奴才而已，自有王法來處置！」

她又轉過頭看向李小芸，提點道：「看到沒？這一戶人家放在幾十年前不過是府上的家生子，這繡坊是侯夫人的娘家陪嫁，當然，我們侯夫人的陪嫁可多了，這一處一直是外面的人在管著。她祖父得了侯夫人高看，便給脫了籍出去，讓他看著這處產業；沒想到侯夫人才去世幾十年，人家就把這產業當成自家的了。對付這種下人，莫生憐憫之情，妳憐憫了她，別人就會仿效。大家大戶外面的產業多了去了，不是所有產業都會標上妳的名字，就是有奴才會忘恩負義，待主家破敗後鳩占鵲巢。」她隨意掃了一眼楊氏，意有所指。

「當主家的，就要在該出手時毫不留情，至少要讓奴才知曉妳如今的實力，殺雞儆猴。」

李小芸望向那滿臉不甘心，卻再也無法出聲的崔家三姑娘，她的嘴巴被人用布封住，府上無人敢多言一句。

院外，一名婦人帶著個男孩蹣跚而行，她右手杵著一根木棍，跪在門外，沒敢進屋。

王氏看向她，沒有搭理，朝楊氏說：「我們出來一趟不容易，就不在此浪費時間，煩請楊家奶奶將此女送往縣衙，那頭自有人知道後面該怎麼做。」

崔夫人傻傻地看著被捆了的女兒，抬起頭才發現眼前的女子竟然是王氏。王氏比她大上幾歲，是當年陪同李家嫡女進宮的丫鬟，如此說來，這豈不是……

「王姊姊饒命啊……都是我黑心瞎了眼，才做下這等錯事，您大人有大量放過小女吧。」

王氏見李小芸蹙眉，又道：「可憐之人必有可恨之處，妳若是因為她求饒就諒解了，那麼便起不到威震他人的作用。妳繼承顧繡，妳和李蘭便是這顧繡的主人，若是他日妳的子嗣中沒有擅長刺繡者，只得將顧繡暫時託給他人；妳的子嗣遭罪，他們非但不救，還暗中把產業當成自個兒的去發展，急忙同妳的後人撇清關係，妳地下有知，可會暗恨自己當年看錯人呢？」

李小芸咬住下唇，隱隱有些明白王氏想說什麼，她過往太單純，倒是從未深思過此事。

「這世上往往真能傷害妳的人，正是妳為之付出過的人，陌生人的傷害反而不算什麼，因為妳沒有對陌生人付出過什麼。」王氏的語氣很淡，卻字字在掃點著她。

「妳看他們現在可憐，卻可知他們多年下來貪了多少白銀？帳本稍後給妳看，其實我已經找人測算過，其中假帳頗多，漏洞一查便可以查到，如說她上報一千兩白銀，貪的就是五千兩。」

李小芸大驚，她連一百兩白銀都沒見過呢。

「人心不足蛇吞象，說的便是這種狗奴才，妳若放過他們，他們不會感激，反而認為妳心虛。妳瞧瞧那姑娘，儼然一副大小姐做派，我是什麼身分？我去三品大員家都有人親自出迎，她一個奴才姿態倒是擺得高。」王氏不是很生氣，倒是把這件事當成笑話來看，她這把年紀，多說一句不過是教著李小芸罷了。

「今日輕饒崔家，明兒個楊家也做得出崔家那般的事情。為何大家族信任家生子，偏要留著一份賣身契拿捏他人？我們太后娘娘還活著那些外面的產業都鎮不住了，可見這群人現在是把自個兒當主子當成習慣了吧。」王氏言辭犀利，她害怕李小芸聽不進去，卻沒想到李小芸連連點頭。

「王女官，我懂您的意思。崔家三姑娘會如此，同她爹娘的寵愛有關係吧？卻忘了這產業從始至終就不是他們家的，她不過是沾了老太太光，不但沒了奴籍，還享受著大小姐的生活，卻不知感恩，還認為理所當然。」

王氏驚訝地看著李小芸。「妳當真如此想？」

李小芸一愣。「難道不是嗎？」

「沒有，我只是怕妳同情他們。」

李小芸笑了。「同情這種情緒不適合我的出身，我是被同情的還差不多；我只是認為做任何事情都要對得起良心，如若對不起他人，什麼結局都是應得的，怪不得他人。」

「不錯，妳能想得通可見是個明白人，我沒白和妳說這麼多。」王氏滿意地看著李小芸，她都差點被這丫頭老實的外表騙了。

王氏有所不知，李小芸從小被人冷嘲熱諷，早就習慣了人性中惡劣的一面。她雖然出身普通，卻又非一般的農村小丫頭。她感恩李蘭，是因為對方善待她；她也可以狠下心不搭理李小花，是因為對方徹底寒了她的心。她看起來對誰都很寬厚，實則是骨子裡真的無所謂罷了，她比王氏想像的性子要清冷許多。

離開崔府，李小芸上馬車的時候遲疑片刻，道：「王女官，就讓他們繼續留在此處，不怕有風言風語傳出嗎？」

王氏不甚在意地搖搖頭。「妳先上來，記住，很多事情妳只需要表明態度便可，剩下的自有奴才去做。」

「哦……」李小芸將墊子放在王氏身後，自個兒也坐下，翻看著帳本。

王氏道：「我帶走了崔家么子。」

李小芸頓了片刻，瞬間瞭然。為了孩子，崔氏是不敢多說什麼的；更何況王氏並未說要把孩子帶到哪兒去、要幹什麼，就是這種不確定，才最讓人擔憂。

「這帳本是這兩年的，上面已經轉虧為盈了，興許是看到我們太后娘娘又出山了，不敢再上交虧本的帳冊。」

李小芸哦了一聲，望著一堆數字有些頭大。

「別的不說，妳只管看繡線的進項是多少。」

李小芸找了一遍。「二千兩銀子？」

「二千兩銀子？妳知道二千兩銀子可以幹什麼？足夠在城南買處院子了。這家繡坊每年利潤很低，照著他們的明細，活計能用掉二百兩普通繡線就不錯了，他們竟是弄出二千兩銀子的繡線進項，真當別人是傻子不成？」

李小芸猶豫片刻，道：「若說是質地最好的線，花費到二千兩銀子也有可能；不過王女官若是派人調查過他們的活計內容……」

「自然是查過了。唉……他們也就是糊弄糊弄太后娘娘她老人家，畢竟二千兩銀子的繡線進項在宮裡是正常的；但是對於繡坊來說，絕對是有問題。」

李小芸點了點頭。

「此次回宮後，我會尋算帳宮女教妳，就拿崔家繡坊近二十年的帳本來學習吧。」

李小芸以為自個兒幻聽了，一本帳本不夠，要算二十年的嗎？

「待看懂了、摸透了，妳還要去太后那兒回話呢。」

李小芸應聲。「那崔家娘子如何處置？今日的事情王女官會稟告給太后娘娘嗎？」

「當然不會了，這種煩心事沒必要拿到太后她老人家那兒說，下人們辦了便是。崔家三姑娘的議親對象是錦衣衛中的四品官，到時候一併尋其他由頭發落了，知道我們為何要如此嗎？」

李小芸想了片刻，道：「要嘛不出手，要嘛就要威震四方？姻親連坐，也防著有些人賂膊肘兒往外撇，另尋出路。」

「沒錯！就是要讓一些人知道，他們再富貴又如何？有官職又如何？不過是娘娘手中的一枚南瓜餅。吃進肚子裡那是看得起你，否則揉碎了弄成渣讓你粉身碎骨活不了。」王氏平淡地說著狠話。

李小芸嗯了一聲，便將心思投入到帳本中去。

這些東西她沒有學過，也無人教她，自然要花更多的精神來學習。

對於沒有安全感的李小芸來說，她從不放棄多學東西的機會，當年在易如意家，她更是把人家的書庫都翻了個遍。

王氏沒想到李小芸比想像的要上道多了，不由得會心一笑，回到宮裡後就去太后那兒大肆吹捧了下李小芸的性子。

太后雖然看不上李小芸，卻是由不得他人說她不好，因此隨意道：「不愧是煜哥兒喜歡的人。」

合著最後還是歸到李桓煜有眼光上了。

第四十九章

李小芸一邊忙著繡圖，一邊忙著看帳本，日子過得昏天暗地的，根本無暇顧及其他事情。

她的名聲一時間在後宮傳開，眾人都知曉太后有了新寵，賢妃娘娘也護著她，她還是出自鎮國公府旁親漠北李家村的女孩。

這風聲自然傳到了浣衣局中。

浣衣局裡的宮女們對於自視甚高的李小花一直看不上眼，忍不住調侃她。「小花姑娘，聽說近來風頭正盛的織造處女官李小芸是妳妹妹，可是她怎麼沒來看妳？妳們在家裡關係不好嗎？」

李小花一怔，咬牙道：「血濃於水，我們沒有不好。」

「那她為什麼沒有差人來尋妳？」

李小花啞口無言，隨意道：「我現在是待罪之身，怕連累她，早就同她說過不要來尋我。」

「難得小花這般為妹妹考慮，可她既是妳的嫡親妹子，就這般答應妳也未免太狠心。」

「是啊……夠狠心的。」

李小花不願意多談，拿起衣服去院子裡晾乾。

她心裡有些生氣，大家好歹姊妹一場，李小芸知曉她處境不好，居然不來尋她；好在她前陣子給家裡寫過信，讓爹娘知會李小芸別忘了她還有個姊姊。

李家村來的信，自然是寄往京城如意繡坊的暫居地，然後又轉手交給李蘭。

李蘭雖然煩透了李村長，卻考慮到對方為人父母，她沒道理攔著不讓李小芸看信，便將幾封信函收拾好，一起託人帶入宮裡。

李小芸難得閒暇，看著信函，拖了好幾天，還是把爹娘的信函拆了。

第一封信是將近三個月前寄來的，因為她們搬家，輾轉多處才到李蘭手中。

爹娘信裡的語氣大變，不但對她噓寒問暖，言辭中滿是道歉認錯，輕聲細語，令李小芸十分不習慣。信末處果然提到重點，不外乎是聽說李小花在宮裡得罪了貴人，想讓她幫一把。

第二封信明顯是沒得到回信又發來的。除了道歉外，還提到李小花在浣衣局中受苦，他們得知李小芸也要進宮，便想讓她至少幫李小花調個差事，或者索性弄出皇宮。看來李小花是見在宮裡晉級無望，開始考慮不如出宮回家。

李小芸無言以對，這皇宮是誰想進來就進來、想走就走的嗎？

第三封信更是讓李小芸目瞪口呆。

說是李銘順遞了話，有意同他們家結親，但是沒想到看上的丫頭是李小芸，而不是李小花。這讓李村長夫婦極其為難，試探地說想把李小花嫁過去，卻被李銘順拒絕，還告訴他們李小花在京城得罪了貴人。李村長就琢磨著要不先應了李銘順，再讓李小花頂替出嫁，反正李小芸如今被貴人高看，不怕嫁不出去。

李小芸合上信，搖了搖頭。

若是小時候可能還不覺得爹娘做事有多不堪，如今卻覺得太荒唐了。

李小芸完全沒把這些當回事，但是她怕父母誤會，仍正式回信，主要提及兩點——

第一，李小花衝撞的是太后，她愛莫能助，希望爹娘勸勸李小花別再折騰了，到時候丟了小命也是有可能的。

第二，她暫且在宮裡當差，沒法說親，也不想嫁給李旻晟，煩請爹娘勿再提此事。至於小花的婚事，一切由爹娘作主，同她無關，犯法的事情她是不會去做的。

李小芸寫完信後，嘆了口氣。

從何時開始，她從渴望父母疼愛的小女孩，變成了躲避爹娘唯恐不及的狠心女子？在他們看來她是不孝女，可是誰又為她想過，當年得知父母要將她嫁給個傻子的時候，她是多麼的絕望？

往事不堪回首，卻歷歷在目；若不是李桓煜捨命相助，她怕是已經被人糟蹋了，最終的結局就是三尺白綾，懸樑自盡。

她走投無路的時候，曾苦苦哀求爹娘賣了她。

她怕小不點惹上官司，跪在郡守府門口寫血書。

她一路逃難似地從漠北來到京城，卻因為李小花的陷害，差點錯過繡娘子比試。

一次次，她真的受夠了……

她的心臟被親人們硬生生打磨成一塊石頭，不會輕易流淚，不會輕易動情，更不會輕易放棄。

十年前的她，從未想過同爹娘會變得如此生疏。

王氏有句話說得好，有些時候，因為同情而做出的妥協，反而會換來更大的傷害。

自私慣了的人只會從自身利益出發，他們只知道自己付出過什麼，從不會承認得到過什麼。

李小芸有過派人喚來李小花的衝動，終於還是忍下了。

她怎麼做在對方看來都是冷血無情，不如徹底遠著吧。

一個月就這般過去，李小芸同王氏派來的女官學習如何看帳本，她讀過書、識過字，有些底子上手很快，頗令太后滿意。

崔家的案子結了，但是同帳本無關。

王氏要帳本不過是想讓李小芸學會看假帳，而且日後太后追究起來，還有物可尋；但是對外，自然不能拿出來給官府看。

最後崔家案子的罪名是偷盜銷贓。他們府上被搜出許多從宮裡偷盜出的物品，原來他們有在幫一些偷盜者銷贓。這件案子同一般偷盜不同，簡直是蔑視皇權，所以崔府被抄，淪為賤籍；女性充為軍妓，男性處以極刑，午門斬首。

李小芸覺得罰重了，卻也曉得自己沒辦法改變什麼，她再一次感慨，皇權之下，人命如螻蟻，這後宮裡每日據說都有人死……

王氏之所以留著崔家女孩們的命，那是要讓她們活著……活著才好警示他人。有崔家案例在前，之後收攏產業極其順利，沒聽說誰敢造假帳糊弄人的；還有先前一些造假帳的老人直接來楊家自首，表示懺悔。王氏沒工夫搭理這些，也不可能把他們全給殺了，索性就都留下；不過該罰還是要罰，但這種責罰大多是賠錢即可。

同崔家三姑娘議親的那戶人家被查出涉嫌四皇子墜馬案，這案子比崔家的案子還大，被判全家抄斬。太后用強硬的手腕告知眾人，別以為尋了新靠山她就動不了你們，四品官的一大家子她若是想處置，照樣拿得出辦法來。

李小芸忙得不可開交，對崔家的案子也沒那麼注意了。

夜晚，她正在屋內看書，忽地耳邊傳來聲音。

「開門……小芸開門……」

李小芸愣住，打開門一看差點傻眼。「李、小、花？」

李小花立刻鑽進來，拉住李小芸的手腕。「妹妹，妳既然進了宮，為何不來看我？妳知道妳不來看我，別人如何說我嗎？」
李小芸抽出手道：「李小花，我一直以為妳和我早就橋歸橋、路歸路了。」
李小花深深地看了她一眼，眼底湧上淚花。「妳怎麼可以如此殘忍。」
李小芸蹙眉。「妳說我殘忍，但是我可曾傷害過妳？妳去浣衣局是我算計的嗎？走到今日這一步，一切都是妳自作自受，同我何干？妳倒是不殘忍，可是我因妳差點就毀了一輩子。」
李小花忽地覺得眼前的女孩變得陌生。
她的目光清澈，挺直的背脊竟隱隱帶出幾分貴氣。
李小花低下頭看了一眼身上的粗布藍衣，又盯著李小芸翻領處的金色蝴蝶刺繡，感到自慚形穢。
明明是從小跟在她身後沒人搭理的小胖妞，怎麼一下就成了眾人眼裡最耀眼的存在？
那雙明亮的眼睛映著她憔悴不堪的模樣，她摸了摸臉頰，心意已決。
她不能繼續在浣衣局裡浪費青春了，李小芸必須幫她。
李小花咬住下唇，發狠道：「李小芸，妳和我可是嫡親姊妹，妳信不信我若死了，爹娘同妳定是不死不休。妳以為我不知道金家那傻小子是怎麼死的嗎？大家誰不是心知肚明？」
李小芸沒想到李小花見軟的不成，竟是來硬的。
但是最後一句話卻是觸及了她的底線，她居然敢拿李桓煜來威脅她。

「我在妳面前一頭撞死妳信不信！」李小花訕笑道：「一名浣衣局的宮女，還是妳嫡親的姊姊，死在妳房裡，妳覺得妳開脫得了嗎？李小芸！妳必須幫我，否則爹娘知道，妳認為他們會不恨妳嗎？我求妳的又不多，不過是讓妳來見我幾次，這樣我的日子就可以好過點，就這般舉手之勞妳都不願意嗎？」

李小芸冷冷地盯著她，沒有應聲。人果然是貪心的動物，她相信她若是答應了，改日李小花就敢提出其他要求，還會以她的名頭作威作福，李小花還真以為她是以前的李小芸？

李小芸忽地笑了，淡淡開口道：「小花，妳在我心中一直是個驕傲的人，如今同我說這些，妳覺得有意思嗎？」

李小花一怔，滿臉通紅。「我也是如今才明白，什麼都沒有活著重要。」

「妳也說了，活著最重要，妳現在活得不好嗎？」李小芸諷刺地笑了。

「妳……」李小花皺起眉頭。「妳現在備受貴人寵信，明明可以讓我活得更好一些。」

李小芸大笑。「妳憑什麼指望別人讓妳活得更好？我可是比妳早很多年知曉，這世上沒有什麼比命更重要；既然妳今日偏要死在我這裡，那麼我就如妳所願，妳死吧。」

李小花失色道：「妳真這麼見死不救？」

「妳還沒死，我如何相救？不如死一回讓我救救？」李小芸才不信求生慾望如此強烈的李小花會真去死。

「我……」李小花委屈得不得了，她看向一旁的書桌狠心衝了過去；可是她沒有彎腰低頭朝桌角磕上去，自然是腰撞到桌角，然後被彈了下摔個跟頭，沒有受傷。

她回過頭看向李小芸，發現她真的文風不動地站在那裡。

「李、小、芸！」李小花忍不住怒道。

李小芸低下頭，撿起被她撞到地上的硯臺，擦了擦又放回原處。

「沒事妳可以回去了，我同妳再無半分瓜葛。」

「好、好……」李小花連聲道好。「我等著看妳的下場，過去太后娘娘寵愛我，妳以為那時的我不比妳在宮裡風頭盛嗎？」

李小芸揚起唇角。「小花，妳搞錯了，太后娘娘沒有寵愛我什麼，我不過是替她辦差事，她的繡圖唯有以顧繡技法來繡最為完美，我正巧是顧繡傳人罷了。」

李小芸不這麼說還好，說起這個李小花更是嫉妒得不得了，臉色脹成了豬肝色。

李小芸冷言相向是怕李小花得寸進尺，索性一次說個明白。

「我出宮是早晚的事情，我對這宮廷也毫無留戀，如果這便是妳說的下場，那麼興許妳很快就可以看到。另外，我不是靠著娘娘的寵信才活得下去，我手下有繡娘子幫忙，她們首先要信服於我；若無技法，妳以為織造處的女官這麼好當？」

李小芸的軟釘子扎得李小花胸口犯疼，終是受不了地轉身大哭跑開了。

李小芸望著李小花消失在月色裡的背影，右手撫在胸口處，輕輕揉了一下；若不是李小花拿金家傻子的死來威脅她，她不會故意嘲諷她。

每個人都有逆鱗，不允許任何人侵犯。

她的逆鱗便是李桓煜……

李小芸回到屋子裡，心情卻久久無法平靜。

她剛才表現得極其堅決，其實是擔心李小花認為可以從她這裡尋到出路，於是變本加厲。李小花這種性子，她不幫她反而是救了她，否則她若是張狂起來，絕對只會不斷作死；再煩她、厭她，都無法改變兩人是血親的事實。

李小芸深深地嘆了口氣。

李小花羨慕她今時的地位，卻不知道她何嘗不羨慕李小花可以輕易獲得爹娘的疼愛呢？他們為了小花甚至可以對她低頭。

眼角莫名濕潤了，她決定明日和陳女官說下，這處院子要再增加侍衛，萬不得讓人輕易進來，她不想再見李小花。每一次見她，每一次拒絕她，對她來說都是種煎熬，她不樂意想起過往那些委屈，只想向前看，好好生活。

前前後後費時兩個多月，李小芸一行人便將繡圖修補完畢。

王氏命人將繡圖搬到太后寢宮，太后一看不由得挑眉道：「這李小芸能力還挺強的。」

太后娘娘肯當著眾人面說這句話，看來是對修補後的繡圖十分滿意。

待眾人退去，太后留下王氏，問道：「妳近來常和李小芸打交道，她如何？」

王氏抬起頭，眉眼笑著。「恭喜娘娘，這女孩不錯呢。」
李太后一怔，微微鬆了口氣，故作不在意道：「恭喜我做甚？」
王氏淺笑道：「好歹是小主人在乎的女孩，她是個明白人，這就夠了。」
「帳面的事情如何？」
「如同娘娘所說，這姑娘領悟力高，很快就學會了，而且還懂得舉一反三。奴婢見她學得快，就擅作主張請了個規矩嬤嬤教她，主要是學些什麼節送什麼禮、有何忌諱沒有之類的事。」
太后蹙眉，道：「這些東西是要知道，不過用不上吧？我總會給煜哥兒配個大門大戶的嫡出姑娘做侯夫人的。」
王氏附和點頭。「不管未來的侯夫人是哪位名門閨秀，都不如李小芸和小主人感情深刻，小主人終歸是能聽進去她的話，所以李小芸的品性才尤為重要。」
太后嗯了一聲。「妳看著好便成，就怕是心眼大心思卻淺的丫頭，還不夠扯後腿的。」
「放心吧娘娘，這姑娘沒那麼傻，我看她挺拎得清楚什麼該幹，什麼不該幹。」於是她提到了李小花的事情。
李小花半夜三更去找李小芸，這件事明面上無人知曉，其實根本是無人不知。
太后聽完一個勁點頭。「還好守住了原則，若是耳根子軟的人可要不得。」
「所以我才更喜歡這丫頭，咱們小主人會看人。」

李太后果然樂了，右手摸了摸手腕上的玉鐲，道：「既然如此，待煜哥兒從南寧歸來，先把他的親事訂了，迎娶大婦後一年，就讓李小芸進門。」

王氏點頭道：「遵命。」

「哦，還有一點，她待人處世可是十分靈通？」

王氏想了下。「略顯心軟，無害人之心。」

「無害人之心也不是壞處，別被人算計了就是。這種心眼偏偏教不得，不過看妳這般喜歡她，想必她這方面不差，否則就該人人生厭了。」太后淡淡道。

王氏急忙附和道：「其實正好有一個人可以用上，讓李小芸懂得什麼叫做人心險惡。」

「誰？」

「近來被冊封的李答應。」

李太后皺了下眉頭。「不記得了。」

王氏一怔，內心感嘆下太后這破記性。「前幾日您還嘮叨過，怎麼又冒出個李家村的姑娘。她本是賢妃內屋人，後來伺候皇上懷上身孕，因為當晚沒有登冊，賢妃娘娘自作聰明按下此事。這懷孕日子同賢妃娘家的小李美人相近，怕是她起了其他歪心思，留下李答應做為他用。」

李太后撇了下唇角。「就賢妃這腦子，若是早些年進宮早沒了命，也就是聖上老了，又一心提拔鎮國公對付靖遠侯府，這才一味護著她。」

王氏深以為然。賢妃腦子確實不大好使，全後宮唯有她自己意識不到這一點，總是做出漏洞百出的事，還自以為多麼高明；但是往往這種女人都有好夫君和好兒子，賢妃就勝在皇上年老，喜歡這種心思單純的女孩，所以才得以上位。

她越傻，聖上反倒越覺得她純真。

日子一點點過去，李小芸在宮裡學了不少東西。

織造處的差事越來越順手，她本身也有幾分真本事，一般繡娘子都服了她；年長一些的繡娘子認為她有天分，所以大家相處得其樂融融。就連葉蘭晴，也放下以前的疙瘩，偶爾同她相視而笑的目光中，難掩幾分真誠。

轉眼間，又到了年底。

葉蘭晴特意來尋李小芸。「我外祖母家有人出海，帶回好多新鮮玩意兒，我令人送到顧家在郊外的莊子吧。」

李小芸一怔。「不用了。」

「妳莫客氣，眼看著就要過年了，我們家在備年禮呢。」

李小芸想起王氏常說，大戶人家送年禮是最有講究的。每個親戚都要按照輩分遞減，絕不能讓誰說出什麼，她知曉這禮她不收，葉家也會尋其他由頭送過來，便點了頭。

葉蘭晴眨了眨眼睛看著她，突然開口道：「李小芸，以前竟是我誤會妳了，妳沒有騙我。」

李小芸一頭霧水。「什麼事情。」

葉蘭晴臉上一熱。「我聽我哥哥說的……」

李小芸不明所以地看著她。

「我哥哥和李旻晟大哥是好兄弟，他說李大哥借酒澆愁……因為他爹問起妳爹妳的婚事，被回絕了。」

李小芸這才恍然大悟。

「我當初的話妳可千萬別介意……其實就算沒有妳，李大哥也不喜歡我。」

李小芸不知道該說什麼，索性沈默下來。

「妳性子好，又待人親和，誰有不懂的技法尋妳問，妳竟然都不懂得藏私，簡直是笨死了。或許正因為妳這麼好，我現在倒覺得若是李大哥可以娶了妳，也是他的福分。」

李小芸臉上一熱。「我們不過是青梅竹馬。」

「我知道，李大哥是一廂情願。」

「李女官在麼？」此時一道陌生的聲音響起。

李小芸探過頭去，見是名打扮普通的宮女。

宮女向前福了個身。「我是東苑依雲宮李答應身邊的宮女，是王女官令我來這裡尋您的。」

李小芸嘴巴一張，差點沒合攏。王氏曾經答應過會安排她和李翠娘見面。葉蘭晴見有人來尋她，主動道別離去。

李小芸看著小宮女道：「妳家答應可是叫李翠娘？」

小宮女點了點頭。「王女官令我帶您去見我們家小主。」

李小芸顧不得回屋子收拾一番，隨意捏了捏衣角，道：「走吧。」

依雲宮真像是天邊的雲彩，遠著呢。

小宮女年歲不大，似乎還帶著幾分初入宮的純真。

「妳們家小主身體如何？」

「養了好長一段時日，總算是好一些了，我們小主年輕，沒那麼容易倒下。」

李小芸見她儼然是李翠娘守護者的模樣，便想著她們兩人感情應該很好。也罷，翠娘性子好，任誰都捨不得傷害她。

穿過一片池塘，總算來到一處月亮拱門，小宮女揚聲道：「李女官，我們到了。」

李小芸探頭進去，這是一處不大的院子，但是勝在麻雀雖小，五臟俱全，倒也別致清雅，挺符合李翠娘的性子。

「小芸。」一道溫柔的聲音在耳邊響起。

李小芸拔腿跑了過去，兩隻手搭在李翠娘肩膀處，紅著眼眶凝望著她。

「小主怎麼出來了？快回屋說話，近來天氣涼了，屋裡燒了炭爐。」

李翠娘擦了下眼角，拉著李小芸進了屋子。「這院子裡人少，除了我本來還有兩位答應，但是一個投奔其他娘娘了，另一個秋天生了場大病，剛剛去了。明年又要選秀，興許還會有新人進來。」

李小芸嗯了一聲，在這宮裡，人命如草芥，似乎連蹉跎的時間都沒有，就又有人要住進來。

「聖上那麼大歲數，還偏要選美人伺候，可是他連自己寵幸了誰都記不住……」李小芸附耳抱怨，吐了下舌頭。

李翠娘瞪了她一眼。「別胡說，小心隔牆有耳……雖然妳現在被貴人們喜歡，但是世事無常呢，還是謹慎為上。」

「是是是……我的小主……」李小芸故作討好地說，兩個人對看著笑了起來。

「沒想到妳和李蘭師父真的可以在京城打響名頭呢，說起來，我還算是妳的同門師姊。」李翠娘想起小時候，一臉感慨。

李小芸嗯了一聲，可不是嗎？當年她們兩人一起學習刺繡啊……直到李翠娘外祖母家尋了門路，送她代表東寧郡進宮選秀。當時大家想的都是那般簡單，認為進了宮就一定會一步登天……

那時候，聖上也好，皇子也罷，不過是一個個遙遠的存在，彷彿憑藉美貌或者三言兩語就可以哄得了似的；如今才懂得，皇宮很大，最不缺的就是美人。

「早知道當繡娘子也可以見到貴人們，我還不如繼續學手藝呢。」李翠娘嘆了口氣。

李小芸摸了摸她的手。「妳注意身體，咱們都還年輕，這是妳的底子。」

李翠娘嗯了一聲。「我心寬著呢，若不是意外被皇上寵幸，我本是打算在賢妃那兒熬些年頭就出宮；反正搭上賢妃這條線，我也算沒白進來一場。」

李小芸想起來她之所以進宮，是為了讓外祖母家恢復皇商的身分。

「現在倒好，我身子賠了，卻連皇帝的面都難以見到；反倒是在賢妃那兒做宮女的時候，見皇帝的次數最多。」

李小芸聽她說著，尷尬道：「其實我沒見過聖上……」

她經常往返織造處和羲和苑，這兩個地方聖上都很少出現。

「不見挺好……聖上他……」李翠娘臉上一紅。「雖然年歲一大把，可是模樣還挺英俊的。」

李小芸愣住，望著李翠娘略顯紅暈的臉蛋，有些詫異。「妳……喜歡聖上？」

李翠娘垂下眼眸。「宮裡的女人，誰不喜歡聖上？聖上一句話，便主宰這天下；被聖上高看，便是一人之下、萬人之上，這種感覺，誰不想擁有呢？」

李小芸忽地覺得眼前的女子讓她感到一會兒陌生，一會兒熟悉。

「小芸，我的身子給了聖上，自然是再無其他選擇，他可是我死去孩兒的父親……」

「可是他根本記不住妳……」

李翠娘搖搖頭，道：「男女之事，妳不懂的。」

好吧……也許真的是她不懂，李小芸在心裡念叨著。

她一直以為李翠娘之所以會被聖上臨幸，是賢妃的要求，如此看來，卻是翠娘自己所求？若是如此，難怪賢妃娘娘會不喜歡她，還私下作主把懷孕的李翠娘藏了起來。

李翠娘見她不言語，以為是心疼她，她伸出手覆蓋住李小芸的手背。「小芸，我沒事，如此一來，我也因禍得福，好歹有了正經品級；而且皇后娘娘借我罰了賢妃，現在十分看重我，有皇后娘娘的安排，聖上早晚還會來我這兒的。」

李小芸抬起頭看她笑著的眉眼，好像是春日裡旭日暖陽拂面，洋溢著幸福的神采。

她猶豫片刻，輕聲說：「聽說那孩子都四個月了，已經成形，是男胎嗎？」

李翠娘提到孩子，臉上揚起一抹淡淡的哀愁，她點了下頭。「是男孩，我是親眼看著他被人抱走的。妳知道當時我心裡多痛嗎？那是我身上的一塊肉呢。」

李小芸聽著心底發酸，輕聲道：「別難過了翠娘，孩子還會有的。妳莫名小產，可是同賢妃有關係？」

李翠娘一怔，目光閃爍不清，張開嘴又閉上，欲言又止。

李小芸決定跳過這個話題，可是她尚未開口，李翠娘突然攥住她的手腕，又輕輕鬆開。

「小芸……」

她回過頭，示意小宮女出去，把門緊閉。
小宮女從廚房端來茶點，笑著離去。
李翠娘望著她的背影，忽地揚起詭異的笑容。「小芸，妳看墨香如何？」
「墨香？」
「就是剛剛離去的女孩。」
「還……好吧，不過我同她沒有深談過。」
「聽說她是太后娘娘的人。」
李小芸愣了下。「哦。」
這也可以理解，宮裡的宮女大多數都有主子，她們的主子必然是那幾位位高權重的貴人。想到小宮女是聽了王氏吩咐來尋她的，李小芸倒不覺得有什麼詫異之處。
「太后娘娘的人啊……妳知道嗎？我娘祖上是太后娘家家奴，後來鎮南侯府沒了，我外祖母家受連累丟了皇商差事。起初新皇登基，便有些打壓屬於太后的勢力，鎮南侯才安排了幾戶人家北上，因為漠北天高皇帝遠，聖上觸及不到。我外祖母一心想讓我進宮，除了想恢復皇商身分外，能夠見到太后也是原因之一。」
李小芸仔細聽她說完，才猶疑地點了點頭。
李翠娘的父親是李家村出身，娘親也姓李，卻是外村人。據說她娘是低嫁，娘家在東寧郡極其富有；不過這般隱秘的事李翠娘居然毫不猶豫地告訴她，反而讓她有些無所適從。

「我懷孕後，墨香便被安排在我身邊，我起初以為她是皇后的人……」李翠娘低下頭道：「那一日聖上醉了，來到賢妃寢宮。娘娘身體不適，不能伺候聖上，便安排了另外一個宮女姊姊侍寢；可是聖上沒看上她，把我強拉上床……賢妃娘娘得知後非常憤怒，認為是我故意為之；再加上聖上根本不記得到底是誰伺候的，她便將我扣下關押起來。沒承想我月事沒來，賢妃要罰我的時候我就說了，她更為惱怒，卻是沒有對我行罰。」

「翠娘……」李小芸實在不知道該說什麼好，摸了摸她的手背。

「造化弄人，我以為這輩子都出不去了。鎮國公府一位庶出姑娘懷了孕，被封為美人，她同我懷孕的月分差不多，賢妃娘娘就起了小心思。若是對方懷的是女孩我懷的是男孩，必然會掉包兩個孩子；若是對方懷的是男孩，我和我的孩子指不定會有什麼下場。但是不管我肚子裡是男孩、女孩，孩子一出生，賢妃都不會留下我的性命，這世上唯有死人是不會洩密的，她手握皇帝子嗣，怎麼做都成。」

李翠娘停了下，哽咽道：「此時有貴人透過墨香給我遞話，讓我好好養著留作他用，沒承想這留作他用，卻是要用我兒的命換我的命……」

李小芸渾身一僵，前額瞬間就流出冷汗。翠娘這話是說，她的孩子，是她親手做掉的嗎？

李翠娘哇的一聲哭了出來，悠悠道：「小芸，我心裡也苦啊，但是沒有辦法，我若不如此做，別說我性命不保，賢妃又會如何待他？我寧願我活著，像妳所說，孩子早晚還會有，我不能就這麼去了，我要賢妃賠我兒的命。」

李小芸顫顫巍巍地說：「別想了，翠娘……」

這種事情……想起來多難受揪心？

「小芸，妳可會看不起我？」李翠娘抹了一把眼角，淚水如同斷線的雨珠，不停往下落。

「我……」李小芸不曉得怎麼說，她確實嚇到了；可是她沒懷過孕，不明白當時翠娘心底的想法。但是任何一個女人，不到萬不得已，總是虎毒不食子吧？

「小芸，我……我還想求妳幫我一件事情。」

李小芸不由得頭皮發麻，她可以冷眼對待李小花，卻無法拒絕李翠娘。

「小芸，這不是什麼難事，我只想讓妳幫我給王女官捎一句話。」

李小芸望著她淚流滿面的樣子，嘆了口氣道：「說吧。」

「妳肯幫我？小芸，謝謝，妳真好……」李翠娘開心地笑了。

「妳就幫我和王女官說，我外祖父叫李勤謹，我外祖母叫李香荷。」

「就這兩個名字？妳沒讓墨香和王女官提及？」按理說墨香既然是太后的人，那麼應該可以捎話到王氏那兒吧。

李翠娘垂下眼眸，道：「說了，但是王氏沒有來，她怕是不知道這些事情，便有些拿喬了。」

李小芸一怔。「我懂了，我會拜託她來見妳一面。」

「謝謝，小芸……我……」

「沒事，小時候妳沒少幫我呢，這不算什麼。」李小芸故作不在意，心裡卻蔓延出說不出的微妙情緒，好像真的有些事情，會隨著歲月流逝，變得完全陌生。

兩個人又聊了些其他事情。

「小芸，宮裡人都說太后和皇后娘娘關係不好，但是墨香明明是太后的人，卻幫了皇后娘娘，所以我倒覺得她們不過是明面不好，私下關係甚親。太后可是活躍兩朝的女人，她既然主動交好皇后娘娘，怕是骨子裡還是看好二皇子奪嫡。」李翠娘認真幫李小芸分析著。

李小芸嗯了一聲，她一直覺得這些離她很遠，她只求順應本心，不做虧心事便是。

眼看著到了晌午，李小芸考慮到李翠娘這裡沒有小廚房，如果要招待她有些興師動眾，便稱尚有差事就不留飯了。

李翠娘果然也沒有強留，分開時忍不住又囑咐道：「一定幫我向王女官帶話……」

李小芸笑了笑，安撫道：「嗯，放心吧，改日我再來看妳。」

李翠娘揚起唇角，點了點頭。

李小芸回到住處，心不在焉。

王氏進了院子，示意宮女不要打擾，便無人來報。

王氏伸出手指在她眼前晃了晃，發現李小芸神色悵然，開口道：「小芸，想什麼呢？」

李小芸一怔，大驚道：「王女官，您什麼時候進來的？那個……我去令人奉茶。」

「不用了，我讓她們在院外守著，我找妳有話說。」

「可是太后娘娘又有什麼吩咐？」

前幾日太后又有一處莊子要拿回來，是她陪同王氏去處理的。李小芸現在心裡可佩服王氏，不管面對什麼樣的人，都胸有成竹，雷厲風行，做事情有理有據，讓別人無話可說。

「妳去見過李答應了吧。」王氏看著她道。

李小芸點了點頭，想起李翠娘所託，直言道：「王女官，李答應讓我給她同您捎句話，說她的外祖父叫李勤謹，外祖母叫李香荷。」

「她還同妳說什麼沒？」

李小芸搖搖頭。「沒有，她外祖父母祖上似乎是太后娘家的奴才呢。」

王氏笑道：「這些話她和妳說的時候，有沒有說過我知道？」

「啊……」李小芸腦海裡閃過李翠娘的言語，她說的是王氏不知道……

「我又不是沒見過她，她怎麼見我時不提呢？」

李小芸猶豫著，不明所以。

「傻孩子，她讓妳同我捎句話，不過是希望我給妳面子幫她而已。」

李小芸咬住下唇，沈默著。

「她早就求到我這裡了，不外乎希望可以被聖上翻牌子。她早不求妳、晚不求妳，現在求妳是因為著急了，皇后娘娘定了明年春日開選秀女，到時候新人們進來，她更沒機會。」

李小芸蹙眉。「可是她同我說您不知道……就不怕我知道您知道嗎？」

王氏挑眉道：「我同妳關係好，所以才把話攤開來說，若是其他人，誰知曉妳是什麼意思？我若是有求於妳的小宮女，便會想，咦，這件事情李答應和我講過，我沒注意，如今又讓李女官來同我說，會不會是李女官對我不滿呢？若是我想討好妳，便會把妳的話當成聖旨般努力做。李答應明面上是沒讓妳幫什麼，實則卻讓妳幫了大忙，妳或許沒指望小宮女真去做，她卻擅自領會了其他意思。」

李小芸仔細回想一遍方才的對話，頓感慚愧道：「謝謝王女官，我受教了。」

王氏望著李小芸，笑道：「小芸啊，宮裡人都是人精呢，不愛把話說明白。妳今日不同於往日，日後怕是求妳辦事的人多了去了，妳能全答應嗎？」

李小芸蹙眉，不免覺得自己的腦袋瓜子不大夠用。

「妳慢慢學，日子長了就明白了。親姊妹反目成仇的故事我都聽膩了，在這後宮，更奉行一句話叫做『人不為己，天誅地滅』。李答應能夠為了活下來親手解決了自己的孩子，這分決絕連我都害怕，所以今日我不樂意管她，是覺得她心態變了。」

李小芸沒有言語，只覺得胸口發疼，記憶深處那般善良的李翠娘……

「環境造人，可如若人無慾望，也不會落入今日境地，她定是同妳講她很委屈，被人糟踐了。」

李小芸不由得佩服王氏，這都可以猜到。

王氏看她的表情，就知曉自己說中了，冷笑道：「這世上哪裡有那麼多巧合，若是她真避諱，就不該進去讓聖上看到，怕是心裡本就有這個心思，否則賢妃幹麼拘了她？賢妃娘娘好歹入宮多年，又不是第一次給聖上塞女人，會因為聖上睡了她而嫉妒？」

李小芸忍不住深思起來。

王氏認真地說：「其實貴人們最忌諱奴婢不聽話，妳可以不夠聰明，但是耍心機就很招人討厭。雖然人應該努力活下去，可還是要有所為、有所不為。她親手弒子，就是犯了我的忌諱，我便懶得搭理她；這種不顯山、不露水，卻對孩子狠得下心的女人，其實挺可怕的。」

李小芸不好意思地垂下眼眸，道：「王女官，對不起您，您且當我什麼話都沒說。」

王氏摸了摸她的頭。「妳和我提了，我可以當作妳什麼話都沒說，但是妳同其他人呢？既然妳提了，我便會幫妳，李答應那頭的事情我會安排的……」

李小芸愣住，使勁搖頭。「不用的。」

「小芸，我幫妳不是為了李答應，而是真的想要幫妳；我是為了讓妳記住，不是什麼話說出來都可以收回去，所以……三思而後行。」

日後小主人一步登天，李小芸指不定要面對多少人的巴結奉承，稍有不慎就會被人算計，她若是不讓她好好記住，她能長記性嗎？

李小芸望著王氏遠去的身影，背脊全是冷汗。

從進宮的那一刻起，很多事情就變了，有一雙無形的手推著她不停向前走著，走向了一條很是陌生的路。

李小芸嘆了口氣，決定必須好好反省。

她有些理解那些位高權重的貴人們了，難怪他們會笑裡藏針，一個個深藏不露的。所有的富貴，都不是平白得來的吧。

第五十章

沒過幾日，李小芸就聽說李答應升為貴人。說是在聖上家宴的時候，皇后娘娘欽點李翠娘跳了一支舞，她本就小產，後來身子十分瘦弱，跳起舞來特別輕盈，令人著迷。

聖上看了非常喜歡，又聽說她小產壞了身子，頓時生出憐憫之情，接連幾日翻了她的牌子。

李小芸心知這是王氏安排的，頓時有些說不出來的愧疚，不由得連帶著對李翠娘也淡了些。

臨近春節，宮裡十分熱鬧。

接二連三的好消息從南寧傳來，據說歐陽穆大將軍活捉了此次叛亂的正主兒，自稱是安王世子孫兒的反賊。

浣衣局內，李小花望著日漸粗糙的手指，淚水在眼底打轉。

李翠娘不聲不響成了李貴人，可是自個兒呢？連個普通宮女都比不上，這要是傳回老家，實在丟人至極，偏偏她還是三個人中最被寄予厚望的人。

一旁的女孩看著她，冷哼一聲道：「李小花，別作白日夢了，快去幫我晾床單。」

李小花深吸口氣，站起身沈默地伸手去拿床單。咣噹一聲，那女孩故意鬆開手中木盆，帶著水漬的床單落了一地，木盆也掉到地上。

管理浣衣局的太監從門外走進來，嚷道：「又幹什麼呢？都會不會好好幹活。」

那女孩哭喪著臉，道：「李小花欺負人。」

太監懶洋洋地看了一眼李小花。「又想被罰俸祿不成？撿起來重新過下水。」

出人意料的是李小花這次什麼都沒有說。

她艱難地蹲下，撿起床單走出去，臉上揚起一抹異樣的笑容，她早晚有一日會讓這群人好看！

李翠娘被冊封貴人，換了個大院子。

這院子離賢妃住處還不大遠，擾得賢妃娘娘很是心煩；但是因為她上次的私心，害李翠娘沒了一個孩子，這事她多少有些理虧。

現在聖上待李翠娘是有幾分真心喜歡的，便認為當時她的所作所為著實過了，故意冷了賢妃幾日。

這可把賢妃娘娘嚇怕了，頓時老實不少。

李翠娘性子溫婉，外表溫和似小白兔，淺淺的笑、懵懂的雙眼，令聖上很是新鮮。

李翠娘自然感謝李小芸，再加上李小芸如今頗得太后高看，便有意拉攏她。

李小芸先後以活計繁忙為由，沒有應了李翠娘的邀約。她想著李翠娘既然如今過得不錯，她便沒有和她來往的必要，當時她樂意親近她，只是怕她孤單。

一年下來，李小芸在王氏的提點下對人際關係又有了新的認識；但是她不願意去見李翠娘，卻不意味著可以躲得過。

過年後，李翠娘竟主動尋她說話。

織造處人多口雜，李小芸只好吩咐人帶李翠娘來自個兒的小屋子。

她命人上了白水，道：「翠娘，妳如今身分矜貴，別在宮裡瞎跑呀。」

李翠娘伸手揮了揮手，遣走宮女。「我不來找妳，妳可會見我？」她說著說著紅了眼眶。「小芸，妳我好歹自小玩在一起，沒想到妳卻任我自生自滅。」

李小芸一時無言。

「我如今日子是好了，可是又有誰同我交心？我邀了妳幾次，妳都沒有來，我再傻也曉得其中深意，妳同我說實話吧，可是因為上次我求妳辦事而遠了我？」

「翠娘……」李小芸深深嘆了口氣。

李翠娘握住她的手。「小芸，我也不想成為今日模樣，可是我不想死啊……妳知道那種恐懼的感覺嗎？不見天日的房子、隨時隨地等待著死亡的降臨，我真的受夠了！」

李小芸沈默不語，後宮裡最不缺的就是怨念。

「我確實是有利用妳求王氏的意思，我錯了，小芸別不理我好嗎？我只有妳一個真心的朋友，若是妳也離我遠去，我活著都覺得沒意思。」

李小芸望著她含淚的眼睛，抿著唇道：「好了翠娘，我曉得了。妳既然選了這條路，那麼就好好活下去吧。」

李翠娘的選擇她並不認同，但是每個人都有自己要走的路，她們都不再是小時候的自己，誰都無法阻止別人的前進。她也曾經被逼得走到了懸崖邊上，命懸一線……可是好在她有李桓煜，才得以保住本心。這世上有人在乎她、願意為她付出所有，所以她的心底滿是陽光，從未喪失過美好的信念。

「妳還是不肯原諒我？」李翠娘落寞道。

李小芸猶豫片刻，想起王氏常常教導她的，有些時候言辭上的妥協不過是一種假象，但是這種假象很神奇，既可以安撫對方，也能慰藉自個兒。

李小芸深吸口氣，道：「翠娘，好好活下去，妳所做的一切，於妳都沒有錯。別人的看法重要嗎？別人要求妳別去做，妳便會停下嗎？」

李翠娘一怔，深深地看了李小芸一眼。「我不會再讓妳幫我任何事情。」

李小芸愣住，沒有出聲。

「真的……小芸，越是往前走一步，我越是不想失去小時候的夥伴。」她瞇著眼睛，看了眼窗外，良久，忽地探過頭來，附耳道：「小芸，妳難道就從未想過，為什麼王氏待妳那般親近？」

李小芸身子一僵。

李翠娘認真地看著她。「我似乎發現了一個秘密。」
李小芸慌亂地站起來，至少在她看來，知道的越少，才能活得越久。
李翠娘眼底泛起淡淡的笑意。「妳若不好奇，我便不說；妳若想知道，隨時來尋我。」
李小芸撇開頭，道：「時候不早了，李貴人早些離去吧。」
李翠娘笑道：「小芸，我們是手帕交啊，我待妳情誼很深，我們家又是太后娘家曾經的奴才，我們……是一條路的……」
李小芸有些厭煩李翠娘這種說話方式，垂下眼眸，嘆氣道：「妳和我如今竟也需要繞著心思算計嗎？快快回去吧，別亂跑了。」
李翠娘一怔，良久無言。
「我去了……有空來……看我。」她的聲音忽地變得低沈，轉身離去。
李小芸坐在椅子上，發呆了好長時間。她隱約知道李翠娘是要說什麼，進京後，太多的巧合和意外發生在身上，在她心底，也隱隱有一種不願意面對的猜測。
當年的李桓煜出現在李家村，對六歲的李小芸來說，或許真的是一場偶遇；可對於現在的李小芸來說，這世上哪裡有那麼多意外？
她嘆了口氣，起身整理衣裳，忽地有些累，想要回家休息幾日。
此時王氏捧著一疊單子進來。「小芸，我正想找妳呢，這是禮單，妳過來看看。」
李小芸情緒有些低落，她望著王氏特意為她搜羅來的大家族禮單，心底五味雜陳。

「怎麼，妳上次不是問我要嗎？」

李小芸鄭重地同王氏行了禮。「王女官，近來織造處不大忙，我明日想請假休息幾日。」

王氏別有深意地看著她，道：「好，我去和陳女官講，讓她許妳假。」

「多謝王女官。」

「小芸……」王氏忽地開口，良久才說：「最新的戰報，南寧已定，妳念著的李桓煜立了功了，他活捉了安王世子孫兒！聖上說了，要重賞！」

李小芸看著王女官，欲言又止。

她心裡高興，卻又莫名惆悵。

「這賞還是賢妃起的頭，畢竟李桓煜的義父是李邵和……」王氏意味深長道。

李小芸有些迷惘了，她相信李翠娘所說的秘密，必然與李桓煜的身世有關。煜哥兒得太后高看，同時被賢妃娘娘賞識，上次黃怡懷疑過他是鎮國公府的私生子，這或許能夠說得通，卻又有些詭異。她不認為賢妃有能力讓王氏善待自個兒，莫非重點在太后？

「好好休息吧。」王氏拍了拍李小芸的手背，笑著離開。

李小芸卻心裡不靜，徹夜難眠。

王氏回到太后寢宮，恭喜道：「娘娘，賢妃替小主人得了聖上口頭的旨意。」

太后正躺在椅榻上，喝著清茶，背後枕著窗外的陽光，整個人懶洋洋地半閉著眼睛。她輕聲笑了。「她是想著回頭讓李邵和再賣力參靖遠侯府一本吧。」

王氏也低著頭笑了起來。「娘娘真是高明。當初秦老爺還問我為什麼要讓李家村一步步靠向鎮國公府？這樣日後不管是哪位皇子繼承大統，鎮南侯府都復興有望，就算小主人不恢復身分，早晚也會出人頭地，封功襲爵。」

李太后看向窗外明媚的日光，念叨道：「不過，上次靖遠侯府的世子妃進宮，提及六皇子和白若蘭兩小無猜……」

王氏渾身一震，心裡已有所明瞭。

歐陽穆攜平定南寧的大軍歸京，聖上開了南城門，許百姓圍觀。

李桓煜身為李邵和義子，又是同鎮國公府有牽扯的李家村出身，獲得賢妃娘娘強烈賞識；聖上打著不想讓歐陽穆太出風頭的小算盤，便一個勁地捧著李桓煜。

小李將軍的名頭一下子在宮裡傳開了。

太后淡定地看著眼前局勢，冷笑想著，那位聖上可知，他現在用來壓制歐陽穆的小李將軍，就是當年被他滅了滿門的鎮南侯府李氏？

所謂以靜制動，此時的太后反而不出聲了。

歐陽雪聽聞此事，不像是往日般憤怒，而是深思起來，這位太后倒是有幾分真本事，多年布局，看來是要漸漸收網了。若是聖上沒有對付歐陽家，怕是根本沒太后的機會，但是正因為歐陽家成了聖上的眼中釘，李氏才得以翻盤。

歐陽雪想起昔日往事，忽地也生出如當年太后想專心禮佛般的情緒。

她是白髮人送黑髮人，害死了她的小四的鎮國公府，早晚會落入她手中。

浣衣局內，李小花身邊圍著幾名小宮女。

她近來收斂了往日脾氣，混得倒是沒有前些日子慘澹；再加上有本事的老宮女們幾乎都被調離浣衣局，新宮女年齡偏小，沒那麼多心眼，日子雖然枯燥苦悶，卻比先前好熬。

「小花姊姊，聽說小李將軍是從小在你們家長大的呀？」

李小花一愣，她正在收拾晾乾了的被褥，想起曾經在她家長大的煜哥兒，一轉眼竟成大將軍，如此一來，李小芸豈不是更加囂張？憑什麼世上的好事都落在她身上？

「確實是在她家長大的，不過同李小花可沒關係，小李將軍是被李小芸女官帶大的，兩個人姊弟情深。聽說李女官的爹娘偏心，為了其他兒女，竟要把女官大人嫁給傻子，小李將軍一怒為紅顏，這才從了軍。」一名年長的宮女插話道。

「啊，還有這段往事呀？前幾日我見到李女官，她個子高高的，眉眼清秀，背脊挺得筆直，真希望以後我也可以成為那樣的女子。」小宮女眼裡帶著幾分期許。

「李女官和咱們小花是親姊妹呢。」年長宮女訕笑道。

「真的嗎？不是一個娘生的吧？」小宮女眼巴巴地看著李小花，認為其中必有隱情，否則為什麼李小芸成了女官大人，李小花卻在浣衣局混著？

李小花臉上一熱，打算裝作沒聽見低頭幹活。

「小李將軍好帥氣，我覺得他比歐陽將軍好看。」

「是呀是呀，歐陽家的幾個將軍都長得好凶。」

「背後非議世家子弟，妳們小心受嬤嬤責罰。」年長宮女提醒著。

「小花姊姊，妳倒是說啊，李女官是妳的嫡親妹妹嗎？她為什麼從未踏入浣衣局看過妳？」

李小花被惹煩了，忽地站起來。「好好幹活，都想什麼呢。」

年長宮女揚起下巴。「橫什麼橫？妳怕是沒臉說吧？當初不就是因為妳想進宮，才陷害親妹妹嫁給傻子嗎？人家李女官怕是這輩子都不樂意挨著妳站，蛇蠍心腸的女人！」

小宮女們一陣呀然，私下小聲嘀咕——「原來竟是有這樣的事情……被爹娘和親生姊姊算計很難過吧？」

「可是李女官是繡娘子比試裡最棒的繡女呢，她好厲害……」

「小李將軍一家也很厲害，李邵和大人出身普通，是靠實力一點點走上來的。」

「還有李記商行的少東家，他是家中獨子，說是從小就暗戀李女官呢……」

「咦，不是說李女官小時候並不好看，他喜歡的人是小花姊姊吧？」
「呸呸呸，說謊話也不怕閃了舌頭。」
眾人看向李小花，望著她越發憔悴的臉頰，再想想偶爾遇到的李女官，傻子也知道要喜歡誰吧？
「李女官人可好了，不在乎出身，前幾日提拔了小廚房一名灶臺女去做繡娘子。」一名小宮女輕聲說著。
年長宮女冷哼一聲。「都別作夢了，有李小花這種害人精在浣衣局賴著不走，李女官這輩子都不會來這裡挑人。」
頓時，大家看向李小花的目光都有些厭棄。
李小花垂下頭，彷彿什麼都沒聽到似地走向屋內。
身後傳來一陣譏笑聲音……
她關上門，瞬間淚水決堤。
太過用力成拳的指尖將手心處扎出了瘀痕。
什麼年輕有為、英俊瀟灑的小李將軍……什麼氣質溫婉、眉目清秀的李女官。
他們小時候明明都是跟在她身邊的醜小鴨。
為什麼？為什麼短短幾年一切都變了？
她是李家村第一美人兒李小花呀，就連李翠娘都不及她半分。

如今倒是好，人家居然成了貴人，這幾日聽說還懷上了聖上骨肉，她見了還需要對她行叩拜之禮。

她不甘心……她如何能夠甘心！

次日清晨，李小花開始整理好洗乾淨的東西，分發給來領取的宮女們。她抬起頭，正好看到李翠娘身邊的墨香，於是湊上前去，用力一塞，塞給了墨香一些碎銀。

墨香身後跟著粗使宮女，她微微一愣，道：「小花姑娘，我來領取我們家院子的被褥。」

李小花恭敬地小聲說道：「墨香姊姊，妳可要在妳們家主子耳邊提起我呀。」她如今也算是想明白了，在這宮裡她巴結不上李小芸，便要主攻李翠娘。

李翠娘如今在宮裡何嘗不是如履薄冰？身邊全是別人的人，唯獨對她知根知底，她未必不樂意用她。

墨香一怔，放心地笑了。「曉得了。」

墨香回去的路上，碰到了皇后娘娘寢宮的許女官，便說了些話與她聽。

午後，皇后娘娘吃完午飯，見許女官始終站在一旁，就遣散眾人。「妳可是有事情稟報？」

許氏點了點頭。「娘娘，奴婢今兒個碰到了悠然苑的墨香了。」

皇后哦了一聲。「直言吧。」

「墨香說，浣衣局的李小花塞給她銀子，想讓她在李翠娘耳邊提起自個兒。」

皇后娘娘莫名笑了。因為李桓煜，她對李小芸和李小花都印象深刻，聽聞李小花各種自以為是的算計，權當是笑話看著玩的。

「這位李小花姑娘，倒是很辛苦……」

許氏見主子這般輕鬆，也不由得笑了。「可不是嗎？墨香說想尋娘娘一個說法。」

「哦……妳且讓她把話帶到了吧。李翠娘外祖母家是鎮南侯府的奴才，他們家的主子是太后，讓李小花去她身邊折騰折騰也好。」

許氏聞言明瞭，回去告知墨香。

墨香便將李小花在浣衣局的慘狀描述給李翠娘聽。

李翠娘剛被太醫診出懷胎不到兩個月。

聖上來的次數少了一些，她怕被忘記，便偶爾寫幾首小詩藏在聖上衣袖中，平添情趣，倒也令聖上心暖。

把李小花調到身邊來……

李翠娘望著墨香，暗道——這墨香看起來是凡事為她著想，其實骨子裡還是最聽她頭上貴人的話；不管她是皇后娘娘的人，或者是太后的人，總之絕對不是她的人。她在後宮毫無根基，如今全靠著肚子裡的孩子和聖上的寵愛活著，自然不敢輕易信任他人。

按理說，皇后娘娘利用她折騰完了賢妃，她就無用處了；若是嫌棄她肚子裡的孩子，讓墨香害她簡直如囊中取物。

李小花雖然心眼多，卻是被太后厭惡、皇后娘娘看不上的女子，到底留，或者不留？

李翠娘抬起頭，看向墨香。「香兒，妳我一路走來情同姊妹，妳幫我想下，要不要李小花這名宮女呢？小時候，我同她情分很淺。」

墨香笑道：「小主自個兒作主吧，我一介奴婢，哪裡有什麼好想法？讓我說，我當然是不希望小主留她，她如今得罪了太后，小主肯拉她一把，她定是緊緊抱住小主的大腿，奴婢豈不是沒了位置？我怕自己嫉妒她得小主寵愛呢。」

李翠娘不由得笑了，心底有所決斷。

她，決定要了李小花。

墨香早就知道李翠娘不信任自個兒。不過這也無所謂，她是李翠娘同皇后娘娘、太后傳話的人，無人可以替代她的位置；況且李翠娘自己的性命何嘗不是在兩位貴人手中捏著呢？

朝堂上，聖上對此次南寧平亂極其滿意。

可是更大的問題擺在他的面前——他要如何處置安王世子孫？

先皇時期因為中宮無子，當今聖上排行老七，既不是長子，更不是嫡出，全靠著先皇對太后的敬重，才拿下今日的位置。歷代後宮關於皇位繼承都是一段血雨腥風的往事，所以他的幾位兄長要嘛殘疾了、要嘛暴斃了、要嘛造反了，這才輪到他登基。

安王是聖上最忌諱的一名兄長。他的妻子是隋家親戚，手中又握有軍權，聖上不放心他，自然要拔掉這根卡在喉嚨裡的刺，於是便有了多年前的雨夜京城之亂，實則安王根本沒心造反。

所以南寧之亂一出，聖上便打住了對付靖遠侯府的心思。

如今安王世子孫被抓住了，他高興之餘卻也躊躇到底該不該弄死他？

朝堂上有人道，安王和聖上好歹是親手足。

況且這位世子孫是安王活在世上的唯一血脈，皇上應該留他一命，可以圈禁起來，一輩子不讓他出來便是；否則日後見到先皇，聖上該如何自處。

皇上猶豫半天，想想不過是個黃口小兒罷了，沒必要為此惹上凶殘的暴君之名。他終下詔說是感念「血親之情」，決定留他一命，讓他替祖上贖罪，在皇家陵園守孝；實則是圈了塊地，派重兵把守，將其圈禁起來。

眾人急忙奉承皇上仁慈。

太后聽說後不過是冷笑一聲。皇上之所以這麼在乎安王的死活，實則是因為先皇有意讓安王繼位。任何一個皇帝在臨死之前，都會有外戚之憂。當時太后娘家功高震主，所以先皇病危時有更替繼承人的想法。

好在這一切被太后提前得知，於是先皇無聲無息地死去……

起初聖上還試探過太后，既然先皇有此想法，會不會告知他人，或者留下信物？

當時太后說是沒有，實則卻是有一旨詔書。

太后摸了摸手指處的扳指，暗道，待那小子下旨不殺安王世子孫後，她會好好提點他一下，讓他寢食難安，卻也無法再更改旨意。

同時，活捉安王世子孫的歐陽家更會是聖上的眼中釘。太后雖然同歐陽雪結為同盟，但那不過是本著敵人的敵人便是朋友的想法。

李太后接著想到過不了幾日就可以見到煜哥兒，心情大好起來。

小東西也不曉得瘦了沒？

李太后惦記李桓煜。

李桓煜則惦記著李小芸，這一走來來去去又是一年，李小芸那個小白眼狼指不定又把他忘了。

李桓煜這一年長高許多，身體越發結實，站在人群中很是出眾。他卸下鎧甲，墨黑色長髮束在腦後，露出乾淨的臉龐。

聖上將此次有功之臣一起冊封，李桓煜在歐陽家的有意遮掩下並沒有親臨陛下跟前，但是小李將軍之名，卻在許多勛貴人家腦中留下印象。

他已滿十四歲，正是一個男孩最好的年紀。

李太后又挑花了眼，覺得誰都配不上她的姪孫兒。

夏家

夏子軒跪在地上，眉頭緊鎖。

夏樊之來回踱步，怒道：「好你個逆子！膽子夠大的！」

夏子軒沈默著，一言不發。

「說！李新是不是你兒子？」

夏子軒咬住下唇。「不是。」

「混帳！」啪的一聲，夏樊之扔掉桌子上的硯臺。

那硯臺重重砸在夏子軒的手腕處，滾到地上。一瞬間，他的手腕就腫了。

「我就知道你當年在漠北有事瞞著我。我想你年輕氣盛，愛玩便玩去，如今可真是給夏家長臉，兒子都這麼大了，居然還跟了娘家姓。哦，不，不是娘家姓！居然是入了顧家！你、你真是氣死我了！我是你親爹，你有什麼不能和我商量的？若不是此次聖上要用李桓煜，讓我去查，我都不曉得我還有個孫子在給人家當侍衛！」

「父親……」

「滾！」夏樊之抬起腳踹了夏子軒，整個人氣得渾身發抖。

夏子軒沈默不語。

父親去查李桓煜了……可會查出什麼？

他咬住牙道：「父親，息怒……」

夏樊之接連深吸好幾口氣。「我一直以為你是家中最聽話的兒子，沒承想你竟還不如你兄弟們令我省心。」

「父親，新哥兒從小跟著他娘，生活已然不易，您不是一直對顧家心底有愧？兜兜轉轉，新哥兒入籍顧三娘子一脈，也算是命中注定。您常說上天有眼，佛祖恩澤，新哥兒未來的路，就不必和夏家綁在一起了。」

夏樊之坐回椅子上，目光冷冷地盯著夏子軒。「我且問你，你除了此事，是不是還有其他事瞞著我？」

夏子軒猶疑了一下，垂下眼眸，父親這麼問，必然是查到了什麼。

「你這個混帳！你莫不是以為聖上信我便不會疑我？他令我去查李桓煜，肯定還會令其他人去查，他不會聽我片面之詞，卻可以猜出我是否有在說謊。」

夏子軒抬起頭，喃喃道：「父親，您對聖上如此忠心，他也會懷疑您嗎？」

「忠心？但凡是人，便會有私心。聖上連自己的媳婦、兒子都不相信，會深信我嗎？」

夏子軒怔住。「那……」

「這世上從來不存在秘密，除非你不去做。」

夏子軒悵然地望著父親。「您發現了？」

夏樊之冷哼一聲。「否則我幹麼如此氣憤？」

夏子軒低下頭。「我對不起父親……」

「好在今日不同往日。對皇上來說，太后已經從一棵龐然大樹變成路邊枯草，就算有人給她澆水，又能如何？太后即便是想對聖上不利，也要從靖遠侯府入手。聖上如今一心對付歐陽家，其他都不甚在乎，李桓煜此時畢竟是鎮國公府旁親，有些恩怨，真的可以因為利益變得無足輕重。」

「那麼說……李桓煜就算被聖上發現身世，也無傷大雅？」

「臭小子，別以為事情如此簡單，誰曉得聖上怎麼想？」夏樊之眯著眼睛道：「你瞞著我這件事情尚不足以讓我想抽死你，但都到了這種時候，你居然允許李新入籍顧家！我雖容不得你瞞著聖上，又豈會真不為夏家考量？」

夏子軒愣住，如此說來，父親也認為聖上大限將至了吧。

「爹，您可是認為……五皇子沒戲。」

夏樊之嘆了口氣。「若是聖上可以再撐個十年，一切還不好說，但是現在……」

「李邵和是李桓煜的義父。」

夏樊之點了點頭。「所以更加可怕，鎮國公如今最信任的居然是太后的人……那麼太后到底是支持誰就變得尤為重要；照目前看，太后是和靖遠侯府結盟了，李桓煜更是同歐陽燦、六皇子之間情同手足。」

「新哥兒跟他們也十分要好……要真是六皇子登基，新哥兒未來不會差。」

「胡說。」夏樊之忍不住訓斥道：「二皇子還活著呢，輪得著六皇子？」

「現在的確就看誰活得長。若是聖上可以再撐個十年，扶植鎮國公府和五皇子，一切尚不好說；要是太后活得長，她定會一心助六皇子奪嫡吧。」

夏樊之沒有接話，六皇子若想當皇上，這可是要踩著親兄弟的背脊……這可能嗎？

至少京中絕大部分的世族，都未曾想過最後登上那個位置的會是六皇子；不過若是重新琢磨下來，卻又覺得六皇子是最好的選擇。

夏子軒見父親氣勢稍弱，情緒有所好轉，分析道：「首先，六皇子是歐陽家培養長大的，他雖然同聖上、皇后娘娘感情一般，卻同靖遠侯府親近，怕是靖遠侯最希望他做皇帝，這樣即便靖遠侯府功高震主，六皇子也會留下歐陽家幾個兄弟的性命。其次，李桓煜也算是同六皇子曾經共患難過，當初攜俘虜進京的時候一路凶險，兩人交情頗深，太后肯定希望同李桓煜關係好的皇子登基，這才能令鎮南侯府恢復往日富貴。」

他頓了片刻，見父親閉上眼睛聆聽，繼續道：「再者，二皇子性子不討喜，五皇子又被賢妃寵得囂張跋扈，不堪大任，反而是有從軍經驗的六皇子最為適合，也最為軍中子弟所欽佩。」

夏樊之抬眼掃了他一眼。「你倒是還不傻……」

夏子軒急忙緩和一下氣氛。

「父親，不管怎麼說咱們家是皇后娘娘和太后的眼中釘、肉中刺，只求未來新帝登基時不被抄家定罪便好。留得青山在，不怕沒柴燒，熬過了這一陣子，兄弟的孩子們照樣可以出仕為官，一切從頭再來。許多世家不都是這麼存活下來的？關鍵時刻做出讓步，哪怕沈寂一段時間，還可以回來。我們夏家沒底氣，您又常年被聖上當槍桿子往前刺，若是聖上不在，根本無人護您。」

夏樊之沈默片刻，悵然若失。他抬起頭望著兒子，悠悠道：「我本是一介草民，當年得了聖上看重，不斷提拔，聖上於我有恩，我這條命給了聖上也是應該的。有時候我也會想著，我去送死，你們卻是不能，但是這想法其實已然對不住聖上了。」

「父親，您這一世替聖上所做的骯髒事還少了嗎？總不能把整個夏家都陪葬進去吧？」

「好了……」夏樊之打斷兒子。「你先出去，我想一個人待一會兒。」

夏子軒勸慰道：「爹，您可千萬別將李桓煜的事情說出去，否則太后知道……」

「我懂你的意思，先出去吧……」

夏子軒猶疑片刻，走了出去。

他才走了兩步，便聽到身後響起一道滄桑的聲音。「子軒，你去將我查出李桓煜是鎮南侯府後人的事情，告知皇后娘娘。」

夏子軒愣住，回過頭看向父親。

夏樊之彷彿一夜間蒼老許多，他揉了揉太陽穴道：「兩條路走著，總是會留下血脈，夏家只要有人活著，就可以東山再起。」

夏子軒用力點了下頭，往外走去。

明面上，他終是要做那和父親、兄弟反目之人；在聖上眼中，只怪夏樊之多了個不孝順的混帳兒子……

第五十一章

夏子軒將這件事情通報給了他的上司，他的上司又告知了歐陽雪。

歐陽雪深知李桓煜的安危對太后來說是死穴，她不願意摻和進去，索性直接派夏氏去稟了太后。

太后聞言後立刻慌了神。

若是其他人的事情，她尚且懂得冷靜思考，遇到李桓煜，她就成了擔心孩子的長輩，差點暈過去。

她急忙喚來王氏，愧疚道：「都是我太貪心，總念著煜哥兒，真不應該讓他過早出現在京城。」

王氏聽說此事，想了片刻道：「娘娘，您且先別擔心，此事未必就會要了小主人性命。如今聖上根本顧不上對付您，您倒了，後宮之中，可是連牽制皇后的人都沒了；聖上為了避免您同皇后娘娘走到一起，難道不會捧著小主人嗎？」

李太后一怔，這才坐穩身子，重新思慮此事。

今日不同往日，鎮南侯府的後人就算出現了，又能如何？

太后似乎琢磨過來，雙手緊緊攥著手帕，咬牙道：「好，我且看夏樊之如何做、聖上如何做？他若是敢動煜哥兒一根汗毛，我就讓他大黎改朝換代！」

王氏大驚，急忙安撫道：「娘娘不可……」

李家倒是有些壓箱底的資源，但是李桓煜如今好好的，絕對沒必要走到這一步，大不了命人護送李桓煜離去，保留下血脈便是。

「反正誰都不許動煜哥兒！夏樊之這老東西，我早就看他不順眼。」

「咳咳……」王氏給太后倒了杯水。「先喝口水吧。我想，聖上必然不敢輕易動小主人。咱們李家和靖遠侯府比起來，根本沒有動搖國本的危險，他犯不著到處樹敵。當年之事誰是誰非，真相如何都不重要，重要的是小主人還在，李家有後。」

「嗯嗯，煜哥兒還在……我們李家的孫兒……」李太后念叨著。

賢妃娘娘的寢宮燈火通明。

她對著梳妝鏡仔細打扮一番，淡淡開口道：「皇上還沒到嗎？妳們誰去同大太監打聽的，說是晚上皇上過來？」

站在她身後的宮女愣了下。「奴婢這就派人去確認下吧。」

「算了，不用了，慢慢等著吧，我又不是悠然苑那楚楚可憐的少女。」

宮女聽她如此說，立刻附和道：「李貴人哪能和娘娘相比，她本是給您梳頭的下人。」

「嗯……」賢妃娘娘揚起下巴，朝鏡子展開一抹燦爛的笑容。

皇上坐在御書房裡沈默不語，四周空無一人，除了跪在地上不起身的夏樊之。

良久，一道聲音傳來。「你起身吧……」

夏樊之沒有動。「臣有愧皇上多年的信任。」

皇上沒有吭聲，彼此之間又是漫長的沈默。

「你起來說話，否則朕總是低著頭，也怪累的。」

夏樊之一愣，這才起了身，老淚縱橫道：「皇上，都是屬下管教不嚴，我已命人拿下逆子，全聽皇上發落。」

皇上搖了搖頭。「罷了，如今去揪著這些又有什麼意思？子軒也是被情所困。」

夏樊之垂下頭，心底卻是鬆了口氣。為了保住夏家血脈，他第一時間來宮裡請罪，同時命人拿下夏子軒聽候發落。

他深知皇上猜忌心重，索性主動坦白一切。不過他也不可能把親生兒子往火坑裡推，所以思索再三，將夏子軒背著他和李蘭成親，並且誕下一子的事情和盤托出。說是後來夏子軒發現李蘭居然是顧家後人，怕自己的出現反而為李蘭帶來更多傷害，這才用了藉口遠離這對母子；但是為了保護李蘭和他親生兒子的安危，便將李桓煜的事隱瞞起來。

真實情況不全是如此，但也大多相同，所以禁得起聖上追查。

歸根究柢全是為了李蘭這個女人，才讓夏子軒騙了老父親。

夏欒之本以為皇上會大怒，所以事先將兒子抓了起來。

沒想到聖上或許真的是老了，加上年輕時對太后的仇恨早就轉移到歐陽家身上，此時聽聞鎮南侯有後，憤怒之餘，竟是長吁口氣。

鎮南侯李氏，在他登基以前，確實是對他鼎力相助；若不是太后過於強勢，他又年輕氣盛，容不下一點委屈，興許未必會滅了鎮南侯府滿門。

他望著奏摺看了一會兒。「如此說來，李家當初跑掉的應該是熙若那一脈吧。」

熙若是太后長兄的兒子，當年同聖上稱兄道弟，有過一段好時光。

「是李熙若將軍的媳婦，她本是帶著一對雙胞胎兒女回娘家。大的叫做李紹之，小的叫做李香墨，就是今日靖遠侯府世子妃，白容容。」

皇上不由得冷笑一聲。「靖遠侯那老東西真是精於算計，那麼早就盯著李家了，當時的剿匪之計還是他親口所提呢。」

夏欒之沒說話，這朝堂上鬥得你死我活的人家多了，還有照樣說親的呢，大家族聯姻，繞著繞著就成了一家人。

「當時兩個孩子年幼，照屬下在靖遠侯府的眼線所說，白容容心機淺薄，對自己的身世似乎並不完全知曉。」

皇上點了點頭。「太后當時也是受了驚嚇，怕我趕盡殺絕吧……竟是真的隱身佛堂，誰都不見。」

御書房再次陷入一片沈默之中。

「如此說來，李桓煜便是李邵之之子？」

「是的。」夏樊之道。

皇上閉了下眼睛。

「他被安置到白家六房，其妻懷了雙胞胎……這世上能懷雙胞胎的女子不多，偏偏鎮南侯府上有好幾個。興許是怕被人發現吧，就送走了男孩去李家村，被村長女兒撿到，順理成章姓了李。」

「真是費盡心思，還被靖遠侯弄到了自個兒長孫手下？」

夏樊之苦笑一聲。「可不是嗎？歐陽家的老頭子下手很快。」

「太后很能忍，她是有多恨我，才能夠忍得下歐陽雪。」

夏樊之思索片刻，猶豫道：「其實卑職認為太后是迫不得已，至少屬下查到的是太后雖然同歐陽家合作，但也不過是為了李桓煜。您看李邵和參起歐陽家毫不含糊，他岳丈姓秦，祖上是太后娘家的家奴。」

皇上點了點頭，低聲道：「樊之啊，你是不是也覺得我老了？我先是留下了安王後人性命，現在還動不得鎮南侯後人。」

夏樊之身子一僵，他可不敢說聖上老了，他嘆了口氣。「聖上不老，是卑職老了，被親子蒙蔽，甘願受罰。」

「罰？」皇上搖了搖頭。「我罰你什麼？你都一把老骨頭了還能活幾年？或者是殺了你兒子，讓你白髮人送黑髮人？你能不怨嗎？早年在我王府時便跟著我的老人，只剩下你一個了。世事無常，我如今對太后也沒有當年的怨恨，倒是她對我……」

「聖上……」夏樊之深吸口氣。「聖上，其實卑職認為，與其讓靖遠侯府拿捏著李桓煜的前程來牽制太后娘娘，還不如您直接下旨令他襲了鎮南侯的爵位。如此一來，怕是遠在漠北的靖遠侯也會掂量掂量，太后是否值得信任。」

皇上坐在椅子上，指尖敲打著桌角，忽地揚聲道：「我還是晚了一步，應該在李家倒了後就開始對付靖遠侯！有了鎮南侯的前車之鑑，歐陽家反而學精，讓我無從下手。」

「說到底是軍中有威望的人才太少，京城兩大國公爺，鎮國公和定國公如今都盡出些沒出息的子嗣……這才讓靖遠侯府一家獨大起來。現在太后娘家後人出現，倒未必不是機會。」夏樊之心裡知曉，護著兒子的前提便是讓聖上不對李桓煜發怒，否則李桓煜真出事了，將此事捅到聖上面前的是他，太后定會拿夏家開刀。

「樊之啊，若是能提前發現李桓煜就好了……」皇上的口氣裡滿是可惜。

夏樊之反而鬆了口氣，他眼睛一亮，便曉得聖上心意。扶植李桓煜是一個非常好的選擇，他可以凝聚鎮南侯府殘餘的勢力，同時讓太后同歐陽家再次敵對起來；但是現在卻有些晚了，幾位皇子大了，聖上的身體卻一日不如一日。

「再給我十年就好……只要十年，我就可以拔除掉靖遠侯的勢力，一點點……」

「聖上洪福齊天，別說十年，就是十五年、二十年都不會有事，切莫說喪氣話。」夏樊之急忙道。

「樊之，我的身體怎麼樣，我比誰都清楚。」

「聖上……」

「下去吧，我想一個人靜一會兒。」皇上揮了揮手，一臉疲倦。「出去時讓王德勝進來。」

「屬下遵命。」夏樊之恭敬地往後退著，來到門口處，將大太監王德勝叫了進去。

王德勝守了很長時間，也不知道聖上和夏樊之聊了些什麼，他問了夏樊之，道：「皇上心情如何？」

夏樊之自己家的問題解決了，情緒微微輕鬆起來。「進去吧，沒什麼大礙。」

王德勝謝過他走入御書房，看到聖上似乎在寫著什麼。

「去將歐陽穆此次請賞的摺子拿來，我要再看一遍。」

王德勝老實地奉上摺子，沒想到這一看就是到大半夜，眼看著遠處的夜空都有了光亮，聖上才伸了個懶腰，道：「今日免了早朝，說我身體微恙。」

王德勝派人去傳話，後又問道：「皇上要去賢妃寢宮嗎？剛才娘娘派人問過一次。」

聖上這才看了眼時辰。「去李貴人那兒吧。」

王德勝點了點頭，急忙派人去知會李貴人，他估摸著李貴人早就睡了，這會兒都快起床了吧。

李翠娘懷著身孕，本就淺眠，得到消息急忙起身，她心裡納悶聖上怎麼有心情來她這裡了？

自從她懷孕後，聖上來的次數越來越少。

聽其他宮女說，賢妃娘娘為了留聖上過夜，在內屋又塞了幾個漂亮的小妖精。

她一瞥眼，看到李小花站在身旁沒有離去的意思，忍不住訓斥道：「妳站在這兒幹麼？還想著和我一起伺候皇上嗎？」

李小花臉上一熱，羞憤地低下頭。

李翠娘冷笑一聲，她會將李小花調到身邊，其實也有這方面的打算，畢竟她就算生完孩子也不可能立刻伺候聖上。

眼看著聖上都快把她忘記了，李翠娘心一狠決定捧李小花上位，反正到時候她有了孩子，還怕拿捏不住李小花？更何況她看得出李小芸是徹底厭棄了李小花，出了事情絕對不會幫她。

「妳先出去吧，妳的身子尚未養好，嚇著聖上下次就沒機會了。」李翠娘淡淡地說。

李小花一怔，琢磨片刻後覺得她說的有道理。

她若是想讓聖上記住自己，就必須出奇制勝，讓聖上眼前一亮。她抬起頭瞅了眼時辰，這個時間聖上來懷了孕的李翠娘這裡，必然不是為了尋歡作樂，肯定是想好好休息一下吧。

李小花識相離去，李翠娘望著她落寞的背影，心底有種說不出的優越感。

還記得在李家村時，李小花可是用下巴看人的主兒，尤其是她同李小芸交好，沒少受李小花奚落，如今呢？她反倒是求上門了，還要讓她幫著爬床，真是丟人至極。

片刻後，皇上駕到。

他累了一夜已經是十分睏倦，之所以選擇來李翠娘這裡，不過是圖個清靜。

李翠娘十分善解人意，不多言語，直接為聖上更衣服侍他睡了。

皇上望著她年輕的容貌，微微怔了片刻，右手覆上她的肚子。「前幾日聽太醫說有動靜了？」

李翠娘見聖上過問孩子，暖心道：「嗯，有察覺到動靜，太醫說再熬一個月，動靜會更大，到時候讓皇上來看小傢伙的體力。」

皇上笑了。「太醫說脈搏極其有力。」

李翠娘愣住，心花怒放起來，這是不是暗示她懷的是個兒子？

「一定要注意身子，我等著他出生。」皇上念叨，慢慢地躺了下來。

李翠娘知道他疲倦，不敢多做打擾，沒一會兒就聽到聖上均勻的呼吸聲。

她有些胸悶，索性坐了一會兒，才躺下睡覺。

皇上睡在悠然苑，這件事情傳到賢妃娘娘耳朵裡，感覺是針扎似的難受。她命人同王德勝打聽，幹什麼先前說要來她這頭過夜，害得她上妝等了半宿，卻傳來去了李翠娘那兒的消息？李翠娘如今懷著孕，聖上還去尋她，說出去太長李翠娘面子了吧。

王德勝急忙回道：「聖上半宿都在看南寧平亂的摺子，去李貴人那兒真是純休憩。」

賢妃得知後更是氣不打一處來，她和聖上是老夫老妻了，難道來她這裡沒法休息嗎？

另一方面，夏樊之回到家後沒有立刻命人放了夏子軒。他的幾個兒子來為他求情，他一邊欣慰，又一邊難過著。聖上真的老了，不復當年氣盛。

夏子軒被關押了七天，才被放出來，身上還被人落了刑。回到家後，便被夏樊之喚到書房。「長記性了嗎？」

夏子軒跪地。「謝謝父親大人教誨。」

「此次算你命大，聖上打算拉攏太后，與其好人都讓歐陽家做，不如聖上自己送人情。」

夏子軒嗯了一聲。「就怕太后看不到聖上的妥協，只記得是您告密的……」

夏樊之不甚在意地搖搖頭。「沒事，還有你呢，她只要能衝著你給夏家留條活路就是了。」

「如此說來李桓煜的身分要被公開了嗎？」夏子軒問道，隱隱有幾分興奮。他當然是希望李桓煜官運亨通，李桓煜好，顧新就活得好。

夏樊之冷冷掃了他一眼。「瞧把你高興的，這種情緒不許在外人面前露出。」

夏子軒急忙點頭稱是。

「新兒的娘親是李蘭，對吧，她的徒弟李小芸，你見過吧？」

夏子軒點了點頭。「嗯，脾氣很好的一個女孩。怎麼了？」

夏樊之揚起下巴，想了片刻。「她的親事據說挺不順的，曾經死過未婚夫婿，所以我想給她說門親事。」

夏子軒一愣。「這……」

「你姑父前陣子來尋我，想給宣哥兒說親。」

「宣哥兒？他不是庶子嗎？姑姑能同意嗎？」

夏樊之揮了揮手。「不同意又能如何，她自己又沒有年齡相當的兒子了。」

「姑父倒是行動挺快。」夏子軒諷刺道。他的姑父莫不是也開始未雨綢繆了？

「和你姑父還真沒關係，是宣哥兒自己的意思。」

夏子軒倒是有些詫異，卻聽父親續道：「畢竟李小芸參加過繡娘子比試，宣哥兒又是你姑父幾個孩子裡比較有脾氣的，興許是他自個兒挑的。

「而且李小芸娘家背景弱，你姑姑不曉得裡面的事情，你姑父一說，她就同意了……這才會託到我這裡。」

「莫不是姑父曉得咱家和李小芸有舊？李小芸和顧家那麼親近，他才來尋您。」

夏樊之斜眼看了一眼兒子。「他沒託我，他託的是你……你接二連三去拜訪李蘭，你真當別人是傻子？除了我會信任你的話，其他人誰不是要查查你呢？」

夏子軒尷尬地紅了臉，頓時覺得有愧於父親，低聲道：「兒子知錯了。」

「還好如今李家的事情不嚴重……」夏樊之感慨良多。「你去同李蘭遞個話，這事可行嗎？咱們也不算是害了她徒弟，宣兒品行你曉得，又愛讀書，將來差不了。我和你姑父都是貧苦出身，家風嚴謹，男孩就沒有逛窯子的。目前咱們家唯一的苦處就是我得罪的人太多了……若是聖上打算捧李桓煜，我給外甥求娶李桓煜親近的姊姊也算是一種表態；不管太后吃不吃這套，好歹咱們把裡子、面子做到這個地步了。」

夏子軒認同地點著頭。「兒子明白了，這就去辦。」

「不過還有件事情沒著落，就是你和隋家姑娘……」

夏子軒猶豫道：「您是把庚帖都換了嗎？」

夏樊之嗯了一聲。「隋家那姑娘本來就被拖了很多年。」

「爹……我想……」

「罷了，你先去辦這件事情，隋家的事情容我想想。」

夏子軒長吁口氣，急忙轉身離開。

他想著又有理由去見李蘭，心裡莫名有些暖和。以前，一個人的時候總會想起兩個人在一起的往事。無數個夜裡，他想要去尋妻兒，卻又覺得沒臉見他們。如今他不去見顧新，並非沒有愛，而是不知道該說些什麼，更害怕新哥兒問他，為什麼要離開那麼多年？

現在顧、夏兩家的仇恨似乎已經不能阻擋他們了。

聖上和李家之間的恩怨，也變得沒那麼重要。

那麼，他還可以回到李蘭身邊嗎？夏子軒有些惆悵。

李蘭……可會原諒他？

李蘭並不知曉夏樊之已經知道了她的存在，她完全沈浸在顧新回家的喜悅之中。顧新在軍中被鍛鍊得身材壯實，模樣有別於夏家的俊美秀氣，反倒多了幾分大氣。

李蘭親手下廚給兒子做好吃的，並且將顧家的事情告訴他。

顧新對這些沒什麼感覺，唯獨聽說李家村把他娘驅逐出宗族，還寫信謾罵一事，大為憤怒。顧新對李家村其實沒什麼感情，就是有些捨不得他曾外祖父。

他在顧家的院子裡轉了轉，還給顧三娘子磕了頭，才猛地想起。「小芸姊姊呢？」

李蘭遞給他切好的蘋果。「宮裡頭呢，你小芸姊姊如今是當差的女官。」

「小芸姊姊好厲害啊……不過桓煜哥也很厲害呢。」

李蘭笑望著他。「煜哥兒為啥不和你一起回來？」

「他回不來。」顧新隨意尋了張椅子坐下。「他有功，要面聖呢，上面怕到時候難尋到人，就留他下來。桓煜哥為此抱怨好多，如果他知道小芸姊姊也在宮裡，恐怕就會心甘情願地留下了。」

李蘭抬起手替兒子擦了下唇角。「瞧你吃個東西弄得滿身都是。」

顧新吐了下舌頭。「男子漢不拘小節。」

「李師父……」

此時嫣紅自門外走進來。

李蘭扭過頭，看向嫣紅。「何事？」

嫣紅看了一眼顧新。「夏大人造訪。」

李蘭一愣，莫名心虛起來。

顧新看向李蘭。「夏大人是誰？」

李蘭沒吭聲，顧新忽地揚聲道：「咦……昨兒個顧奶奶說的顧家大仇人也是夏大人呀？」

李蘭頓時一陣頭疼。「你先歇著，我去見個客。」

「什麼客人，對方是男人吧。娘，我去吧……我長大了，不能讓您老是拋頭露面。」

李蘭不知道該如何解釋，急忙攔住他。「我和夏大人是舊識，你聽我話，別添亂。」

顧新無語地望著她，良久，突然說：「娘，他不會是……」

李蘭緊張起來。

「您的追求者吧？」在顧新眼裡，從小到大，追求他娘的男人還真不少。

……李蘭這兩天剛讓顧新接受顧家的事，實在不曉得該如何同他解釋，那個傳說中早就死了的爹……

顧新一副「我很懂」的表情，擠眼道：「娘，快去吧，我長大了要出去闖，沒法照顧您，有人願意陪著您也好。」

李蘭望著顧新大搖大擺就這麼離去的背影，一時無言。

唉……

她猶豫片刻，還是對著鏡子照了下才走出去見客。

第五十二章

夏子軒也感到緊張，距離兩個人上次見面已有段時間了。他攥著拳頭，橫著手臂半彎在胸前，眼看著一名溫婉的清瘦女子，由遠及近走過來。李蘭似乎又清瘦了幾分，讓人看著就覺得心疼。

「夏大人，你怎麼又來了？可是小芸有話要傳嗎？」

最近，夏子軒總是以幫李小芸捎東西為由來到顧府。時間或許真的可以掩埋一切，顧三娘子無法原諒夏樊之，卻沒有阻攔李蘭見夏子軒。她甚至私下和李蘭說——妳還年輕，若是還心悅夏子軒，他又單身多年，倒是可以在一起。

反倒是李蘭，她都已經習慣一個人過了，若是同夏子軒好了，要如何和兒子解釋？這些年來，兒子沒有父親，不可憐嗎？夏子軒自作聰明以為離開他們就是保護，其實這才是對她和孩子最大的傷害。

以愛為名，卻傷她至深，她過不去這個坎，又如何讓孩子認下他這個爹？

「確實同李小芸有些關係，是我爹讓我來的……」

李蘭渾身一僵，臉色蒼白道：「你、你爹知道了？他……會不會……不成，我要讓新哥兒趕緊走。」

她才要轉身，夏子軒急忙攥住她的手，由於太過用力，李蘭跌入了他的懷裡，剛要推開他，夏子軒竟是用力圈住了她。

李蘭尷尬地兩隻手按住他橫在腰間的胳臂。「你快放手……我不走便是。」

「新哥兒……在府上？」

「嗯，他回來了。」

「李桓煜呢？」

「還沒回來，說是被皇上點名要進宮面聖。」

「哦……」夏子軒仍沒有鬆開手的意思。「蘭兒……」

他忽地低下頭，低沈的聲音在李蘭耳邊響起。

「我爹給我說了門親。」

李蘭如同頭頂被人澆了一盆冷水。

「可是我不想娶……」夏子軒的前額越來越低，蹭到了李蘭的髮絲。

李蘭的心臟又懸了起來，她紅著臉說：「你、你愛娶不娶，同我講做什麼？」

「我們是夫妻啊……其實那份婚書，一直都在。」

李蘭羞憤道：「你有話直說，快放開我！都老大不小的人了……」

「我們……和好吧？」夏子軒道，聲音裡帶著幾分力度。

「混帳！」李蘭轉過頭用力推開他。「你想和好就和好嗎？新兒今年十三了，你可當過他一天的父親？我們娘倆最難的時候過去了，現在才回來說和好？夏子軒，我不需要你了。」李蘭說著說著委屈湧上心頭，不爭氣地落了淚，之所以會怨恨，還是因為在乎吧。

夏子軒的眼眶也有些發酸，他定定地望著李蘭。「當年我的確有些年少輕狂，很多事情處理不當，可是我從未有過不要你們的想法。蘭兒，我們還能回到過去嗎？我浪費了那些年，才曉得該去珍惜，只要一家人在一起，什麼都走得過去；或者妳已經厭棄了我，想把我推給別人？」

李蘭咬住下唇，當聽到夏子軒說要娶妻的時候，她心裡真的莫名一梗。其實不管她是否和夏子軒在一起，這輩子都沒想過再尋他人，可見心裡還是只有他啊……

「蘭兒，我不娶別人，我等妳好嗎？只要我們在一起，哪怕多難的坎，總有過去的一日。畢竟我從未想過我爹會有一天，對顧家感到愧疚，也從未想過皇上……」他頓住了，沒有提及李桓煜的事情。

「時間或許真是強大的兵器，總有摧毀了那道坎的一日。」

李蘭兩手捂臉，哭得肝腸寸斷。

夏子軒走過來，輕輕攬住她的背脊，拍了拍。「蘭兒，一切會越來越好的……」

他想起正事，道：「還有件事情是關於小芸的，我想為她說門親事，對方妳應該聽說過，是梁家，梁家的兒媳婦黃怡還是小芸的手帕交。」

李蘭猛地抬頭，眼角處還掛著淚珠，整個人楚楚可憐，看得夏子軒一陣難過。他用袖口一點點擦乾她的淚痕。「嗯，是梁大人庶出的三兒子梁啟宣。雖然是庶出，可是妳也曉得他們家的狀況，旁院和主院不走動，小芸若是嫁給他，不用怕會得罪婆婆。而且這男孩可好了，是梁大人幾個兒子中較出色的，京中好多人家都想把女孩說過去。」

看著夏子軒一臉自誇樣，李蘭莫名有些想笑。「那他幹麼要娶小芸？」

「自個兒喜歡吧。」夏子軒直言道：「宣哥兒自個兒提的，想必是見過小芸姑娘，心裡惦念。」說到此處，他不忘記追加一句——

「當年我見到妳，不也是第一眼就喜歡了？沒有為什麼，就是在人群裡看到妳，覺得眼前一亮，其他人就都不存在了。」

李蘭臉蛋通紅，故作生氣道：「所以才害了我這些年。」

她垂下眼眸，碎髮落了下來。

夏子軒心中一動，抬起手撥弄了下那碎髮，聽到耳邊傳來一聲怒喝——「你幹什麼！」

顧新大步邁進屋子，一把推開夏子軒，冷聲道：「別碰我娘！」

他回過頭，更是嚇了一大跳。「娘，您為啥哭啊？這個混蛋欺負您了嗎？」他轉過身，挽起袖子就朝夏子軒揮了過去。

他遠遠就看著娘親拭淚，這混蛋男人竟還敢上前碰娘親，讓他十分看不順眼。

夏子軒望著眼前的壯實小子，想起這便是他的兒子，頓時胸口滿是激動，他恨不得睜大眼睛，用力多看幾眼，隨即只覺眼前一黑，顧新的拳頭不客氣地正中他的眉心。

夏子軒仰躺在地，李蘭嚇得大叫一聲，撲過去蹲下查看，隨即回過頭責怪地掃了一眼兒子。

過了一段時間，夏子軒才反應過來，他捂著鼻梁感到疼痛。

李蘭急忙喚人。「嫣紅，去拿藥箱！」

她蹙眉道：「新哥兒，你是怎麼回事？你當家裡是南寧嗎？動不動就下這麼狠的手打人！」

顧新有些吃味地望著一個勁維護夏子軒的李蘭，生氣道：「他對您動手動腳，我看不慣！」

雖然他嘴上說娘親可以另尋人嫁了，可是這不意味著他可以接受娘親從此就向著那個人呀。

李蘭不認同地盯著他，這要是一拳把親爹打死了，日後知道真相的顧新如何自處？

顧新見李蘭居然為了個外人凶他，氣不打一處來，故意抬腳踹了下躺在地上的夏子軒。

「別裝死了，不過是一拳而已。」

「顧新！」李蘭揚聲制止。

夏子軒見李蘭動怒，急忙按住她的胳臂。「妳別說孩子，不是他的錯。新哥兒說的沒錯，一拳而已，我沒事。」

他強撐著開口說話，面上紫青一片。

「你不曉得新哥兒的手勁，我瞭解……」

「誰需要你為我說話？」顧新冷漠地看向夏子軒，這傢伙倒是挺會演戲，居然還勸上他娘了。

「我娘說我我樂意聽，同你有什麼關係？你給我滾出去，這是我們家。」

顧新不客氣地諷刺著，微微有些著急了。因為顧新察覺到他娘居然是真的關心這個不知道是從哪裡冒出來的男人，他渾身不對勁，心情很差。

他有些明白李桓煜為啥老看李旻晟不順眼了。

李蘭瞪眼看著他。「新哥兒，你這次回來可真是長本事了。」

「蘭……李蘭……」夏子軒急忙勸道。

「你別攔我，這是我們母子之間的事情。他這次回來益發張狂，出去見見世面就自以為如何，我早就想說他了。」

顧新頓時有些委屈。「娘，您就為了個外人同我講狠話嗎？」

「什麼外人？」李蘭愣了片刻，終是沒說出口。「我只是覺得你此次回來確實是像個大人了，但只是『像』而已，你是不是覺得可以跟皇子、歐陽家的人稱兄道弟，一起打仗建功就很了不起？你的腦門就差刻上兩個字。」

「什麼字？」顧新眨著眼睛看著娘。

「紈袴！」李蘭怒道：「照我看你這麼下去，早晚成為和公子哥兒一樣的紈袴子弟！」

「娘……」顧新沒想到娘真的怒了，眼看著夏子軒鼻梁上鼓起了個包，他有些服軟。

夏子軒顧不得身上的疼，仔細把顧新看了又看，這孩子真壯實，皮膚有些黑，輪廓卻更像夏樊之多一些……他突然想笑，怕是顧三娘子以後會後悔過繼了這麼個臭小子。

「道歉，打人就是不對的，不問清楚事情打人更是錯。」李蘭冷眼看向兒子。

顧新不情願地上前一步。「對不起。」

「沒關係。」夏子軒急忙應道，想博得兒子的好感。

李蘭看向落到地上的信封。「這是什麼？」

夏子軒道：「宣哥兒的生辰八字。」

李蘭哦了一聲。「我去讓人看看八字是否匹配，不過小芸的婚事她自己作主……」

夏子軒點了點頭。「自然是要同正主兒商量一下的。」

顧新詫異道：「你們要給小芸姊姊說親？那桓煜哥哥怎麼辦？」

兩人同時看向顧新，李蘭臉上爬上一抹猶豫。「不過是多挑幾個人選，讓你小芸姊姊看看罷了。」

「怎麼可以！小芸姊姊不是答應等桓煜哥回來嗎？」

答應等誰回來和嫁給誰是兩碼事吧……

夏子軒皺著眉頭問道：「你們的意思是，李桓煜和李小芸有情？」

「是啊。」顧新很認真地點頭。

「別胡說，攫了女孩清白！」李蘭接話道：「煜哥兒從小被小芸帶大，兩人感情好，煜哥兒就認為是喜歡；至於小芸，她是挺猶豫的，可若是嫁給煜哥兒，日後煜哥兒納妾，小芸肯定會傷心。」

夏子軒想了一會兒，說：「其實在大黎，大家族是同姓不婚的。」

其實依李桓煜的身世，要說做妾也該是李小芸做妾呢，聖上、太后怎麼可能同意兩人的婚事呢？

李蘭一愣。「但這只是不成文規定，並非律例。」

「可是李桓煜這次打仗立了功，封賞後可是官身呢。」

李蘭嘆了口氣道：「再說吧。我幫小芸挑著人選，到時候讓她自己和煜哥兒說去。」

夏子軒嗯了一聲，深情地看向李蘭。

顧新見狀，目露凶光道：「這位夏大人，你躺夠了沒有？差事辦完了可以走了吧。」

夏子軒無言地看向他，臉上揚起一抹淡淡的笑容，目光滿是寵愛。「嗯，我走。」

李蘭猶豫地上前。「你等一下，嫣紅去拿藥了，這麼出門叫怎麼回事？」

夏子軒摸了摸鼻梁，輕聲道：「難得被新哥兒碰了一下，我想留著他的味道。」

李蘭看著他帶著熱度的視線，臉上一紅。「混帳話。」

顧新看著他們居然當著他的面說悄悄話，眼裡閃過一道淚光。

娘親這還沒跟了他呢，這兩人就當他不存在了；若是真跟了這男人，豈不是以後見一面都難？而且這位大人年紀輕輕，他們還會有屬於自己的孩子，他捂住胸口，當下作出決定，他不允許娘親再嫁！

嫣紅拿來藥箱，李蘭打算親手為夏子軒上藥。

顧新急忙擠到他們中間。「還是我來吧，娘。」

夏子軒正愁沒機會看兒子呢，立刻點頭答應。李蘭無語地看著他，心想一會兒定有他好受的。

顧新果然不曾手軟，疼得夏子軒齜牙咧嘴，卻不敢抱怨，怕更招顧新煩。

顧新見他忍功十足，左捏捏右捏捏，沒一會兒上完了藥，便藉口有事轉身就跑掉了。

夏子軒坐在椅子上，好笑地看著他心虛離去。「孩子挺好的，精力旺盛，活力充沛。」

李蘭見他都傷成這樣了還自娛自樂，不由得也跟著笑了。

她抬起下巴，小心翼翼地幫他擦了擦前額。「你剛才怎麼不哼一聲？瞧瞧他上的藥，包沒進去多少，額頭卻是青了，他故意捏你你就受著呀？你可是他親爹！」

夏子軒握住李蘭的手腕，將她的手從臉上放在唇邊，輕聲說：「我欠你們的，就當是慢慢還債吧。」

李蘭眼眶一紅。「有病，你欠我的，不欠他的，你還我債，沒必要給兒子做孫子……否則寵得他沒樣子，我還更難辦。」

「我看出來了，顧新這小子只是在外面橫，妳真急了他也怕。」他頓了下，追加一句——「我也是。」

李蘭沒好氣地瞪了他一眼，入眼的臉龐是記憶中初見的那張笑顏，目光炯炯地凝望著她。

「蘭兒，我先走了。我覺得梁家三少爺是個不錯的選擇，至少在婆婆那兒不虧，妳問問小芸的意思；若是八字沒問題，她自己也樂意，我就叮囑那頭來提親。」

李蘭點了下頭。「曉得了。你回去找個大夫再看看，新哥兒下手沒輕沒重的……」

「嗯，其實這樣也挺好，瞧瞧妳剛才多心疼我，我就是鼻梁斷了也無所謂。」

李蘭一怔，推了下他。「以前也不見你這麼油嘴滑舌。」

夏子軒摸了摸頭。「因為失去過，所以才害怕再失去一次。每次多說一些話，就當成是最後說的。」

李蘭莫名心酸了下，其實這些年，夏子軒一個人也不好過吧？她好歹有兒子陪著，他卻一個人做著見不得人的差事。

他注定是聖上心腹，卻是幫襯著家族裡其他人的榮耀……自己永無真正升職的機會，還因為知道太多隱情，被所有官員看不起；更何況新皇登基時，中樞監會大換血，會是最早被拔除的一批官員……

夏子軒雖然頂著一臉瘀青回到家裡，心情卻是極好的。

夏樊之喚他過去，嚇了一跳。「你的臉怎麼回事？」

夏子軒憨笑一聲，卻不敢讓父親知道真相。「不小心摔了一跤。」

「摔跤會摔成這樣？」夏樊之揚眉。

「嘿……前面是臺階……」被兒子打這種事實在丟人。

夏樊之沒好氣地掃了他一眼。「事情辦得如何？」

夏子軒見父親不追究，急忙道：「蘭兒說去對下八字，但是李小芸的婚事她自己作主，等她休假從宮裡回來的時候，她們再商量下。」

夏樊之斜眼盯著兒子。「這臉磕青了，就從李蘭變成蘭兒了？」

夏子軒一怔，滿臉通紅。

夏樊之無奈地看著他。「這可如何是好？你莫不是還惦記著李蘭？隋家那頭怎麼辦！」

夏子軒懵了。「父親，我……我真的不想娶隋家姑娘。」

「罷了，我再琢磨下。」夏樊之皺起眉頭。「皇上今日取消了早朝，晌午時宣我進宮。」

夏子軒愣住。「為何免了早朝？聖上莫不是被氣得身體不好了？」

夏樊之嘆了口氣。「皇上在琢磨如何將李桓煜的身世公諸於世。」

夏子軒低頭深思片刻，道：「這個容易，不如就講聖上覺得小李將軍面熟，調查了他的身世，這才發現李邵和並非其親生父親……後面的事情還不好說？隨便編造就有了。」

「我也是如此和聖上講的。」
「聖上何時行賞？」
「不知道，主要是對於歐陽穆，聖上還沒琢磨清楚如何賞。」
「歐陽家功高震主，現在怕是已經沒得賞了吧？」
夏樊之點了點頭。「歐陽穆也心知肚明，所以此次請賞摺子上，以下屬居多。」
夏子軒猶豫了一會兒，道：「父親，其實兒子有件事情想說。」
「你道。」夏樊之瞇了下眼睛，認真聆聽。
「父親可是聽說近日靖遠侯府得了一位孫女？」
夏樊之撫鬚道：「不是他們家二房的嗎？」
「靖遠侯有兩個嫡出兒子，老大襲爵，還娶了白容容；這白容容是太后面前的香餑餑，她其實是李桓煜的嫡親姑姑，對吧？」
「這我也知道，白容容還生了兩個兒子。」
「關鍵點在於她雖然生了兩個兒子，長男卻排在歐陽穆及其弟弟後面，是靖遠侯第三個孫子。」
夏樊之眼睛一亮。「你當年在漠北可是查出過什麼？」
「查出過什麼不敢說，但是如今靖遠侯府最出色的子孫是歐陽穆，他娘親早逝留下兩個弟弟，父親續弦，所以弟弟都聽他的話；反正在靖遠侯府二房一脈，作主的是歐陽穆，而不是他爹……靖遠侯當初擔心二房的幾個孩子太出息，越過了襲爵的大房一脈不好，就給二房續弦了小戶人家出身的女兒；誰承想，這二夫人挺識相，完全以歐陽穆說的話為準，如今又懷孕了。」

「軒兒，我明白你的意思。靖遠侯大兒子襲爵，還娶了太后血脈，但是白容容的兒子卻一般般，孫子輩都以歐陽穆為首。此次生下孫女的還是歐陽穆的親爹，所以靖遠侯府也不是鐵板一塊。」

「是啊，最主要是歐陽穆的親爹掌管著歐陽家庶務呢；據說白容容和二房早有矛盾，這才眼不見為淨，搬來京城居住。」

「可是我看她的兒子同歐陽穆關係真好。」

「這才更要命……就因為歐陽穆太有凝聚力了，靖遠侯府才給他爹續了小戶人家，歐陽穆那般聰明的人，不可能不知曉。反正歐陽穆這人也挺奇怪，除了幾個弟弟，和家裡誰都不親近。」

「所以呢……你是想讓聖上拉攏他？我覺得沒戲吧。」夏樊之嘆氣道。

「不是，既然聖上不想賞賜靖遠侯府，又不得不賞的話，幹麼不直接賞賜歐陽穆？如此一來，靖遠侯府的矛盾會越來越大吧？」

「單賞歐陽穆……」夏樊之念叨著。

「本來就是歐陽穆去打的仗，賞了他又能如何？前陣子聖上想打擊靖遠侯府，用盡手段，留下不好的名聲，本就顯得歐陽家委屈，不如面子上好好安撫下歐陽穆呢？若是實際的好處都落到他身上，其他人會沒怨言？」

夏樊之閉著眼睛想了片刻。「我明白你的意思，我去同聖上講，一切看聖上旨意。」

夏樊之進宮同聖上討論一番，沒過幾日便宣此次有功之人進宮面聖。其實大家都清楚所謂面聖，就是給予賞賜，其中以歐陽穆的賞賜最高，聖上大手一揮，竟是給了他一個爵位。

歐陽穆自己都有些吃驚……聖上還給他封地，但賜的都是邊疆偏遠地區。一番犒賞完畢，李桓煜被聖上點了名字，理由便是覺得看著眼熟。

眾大臣一頓誇獎之後，不知道是誰說了覺得小李將軍很像當年的鎮南侯。大家本是玩笑之談，卻見聖上認真了，還仔細過問李桓煜生辰。

當聽聞其是李邵和養子的時候，許多人都露出了納悶神色。

最後，聖上單獨留下李桓煜，遣散所有人。

離去的大臣們議論紛紛，不管如何，這位小李將軍的未來一片光明啊。幾位高官覺得李桓煜模樣長得俊，又無任何惡習，有招婿之意，急忙回家同夫人商量；有的則是去打聽他的背景，同誰交好，和誰有仇……

李桓煜被留下來，跪在地上給聖上又行了大禮。

聖上讓他站起來回話，王德勝在旁邊聽著。聖上問他此次南寧平亂的路上可有好玩的事情，李桓煜便講了些風土民情。

聖上假裝聽著，目光卻在他臉上打轉，這還真有幾分鎮南侯的模樣。

皇上莫名感觸頗多，鎮南侯之子同他一起長大，可卻被他算計死了。他忽地有些恍惚，年少記憶湧上腦海，望著李桓煜若有所思。

他眼底流露出一抹溫柔，道：「朕見到你很高興，你可有什麼心願未了？同朕講講，興許一高興就都同意了。」

李桓煜一怔，這是天上掉餡餅嗎？

「聖上，可是什麼都能夠要求？」

皇上莞爾一笑。「不可違背禮法，不可有害人之心。」

李桓煜心頭一熱。「不害人、不違背禮法……我從小到大，也只有一件心願未了。」

「哦，什麼？」皇上望著突然變得局促不安的李桓煜，有些好奇。

「咳咳……我想求門婚事。」

「給誰？」聖上本是無精打采的，忽地來了興致。

「我自個兒。」

皇上笑道：「你今年多大？」

「十四了，不過即將十五。」他急忙挺胸，生怕被嫌年齡小。

「你想娶誰？」

問到重點了……李桓煜清了清嗓子。「李小芸，我想娶李小芸！」

皇上愣了片刻，沒聽說過這位名媛的名字啊？他看向王德勝。「這李小芸，不知道是哪家的閨秀啊？」

王德勝頗為為難，若如實說出是個村姑，必然會得罪小李將軍，到時候若黃了他的親事，豈不是會怪他亂說話？

他猶豫了一會兒，恭敬道：「回皇上，李小芸是京城繡娘子比試中最出眾的繡娘子，如今在織造處當差。」

「繡娘子？」皇上面露驚訝。「朕想起來了，她是賢妃的遠房親戚嘛，這個李小芸，是和你一起長大的？」

李桓煜急忙點頭。「我倆是青梅竹馬。聖上，小芸待我可好了，可是她爹娘虧待她，把她議親給傻子，她是迫不得已才離家出走，來到京城闖蕩的。我只想娶她！」

皇上皺了下眉頭。「她爹娘又是誰？」

李桓煜認真回答。「是我們村的村長……」

皇上本來喝了口茶水差點吐出來。「哦……村長之女？」

「是的，我是有些配不上她，可是她真的很好，我想娶她，但是她爹肯定不讓我娶……」

這都是什麼和什麼？皇上越聽越糊塗。

若說對方是名門閨秀，他應了也就算了，權當是給太后做人情，若是小門小戶……

「聖上，其實這件事情我見貴人們的時候也曾提過。」李桓煜有些委屈地說。

「貴人？誰？」皇上蹙眉道。

「太后娘娘和皇后娘娘。」

皇上古怪地看著他。「她們……怎麼說？」

「都說好……」

皇上有些不敢置信。「容我再想想。」

李桓煜頓時有些洩氣，暗道，這皇上可真小氣，不如太后來得痛快呢。

皇宮的另一處，太后娘娘躺在椅榻處半閉著眼睛。「煜哥兒還在皇上那兒？」

王氏點了點頭。「這次皇上大行賞賜，待煜哥兒那是極好的，娘娘可以放心了。夏樊之雖然把煜哥兒的身世捅了出來，似乎也沒見如何。」

太后冷笑一聲。「一個歐陽家就夠他受的，難不成還想光天化日下欺負煜哥兒不成？生怕別人不知道當年的事情是他做的？」

王氏訕笑一聲，沒有接話，她想起別的，道：「還有件有意思的事情。」

李太后挑眉道：「同煜哥兒有關係嗎？」

王氏捂嘴笑了。「這事吧，還真和小主人扯得上關係。」

太后這才斜眼看過來。「那妳快說。」

「夏樊之讓小兒子去和李蘭提親，對象是李小芸。」

太后笑道：「這豈不是和我姪孫兒搶媳婦？不過這搶得好，若是其他人要了李小芸，我也樂得祝福呢。」

太后越想越覺得高興。「我用不用幫幫夏大人啊？一直不曉得拿李小芸怎麼辦才好，如今倒是有個好去處。男孩是誰？」

「國子監祭酒大人的庶出三子，叫做梁啟宣，配李小芸綽綽有餘了。他模樣不錯，待人溫和，據說是梁大人幾個兒子裡最出色的，他娘親和梁夫人的恩怨您也聽說過……」

李太后一怔。「可不是嗎？當時皇上還是七皇子，他護著夏樊之，求我幫了他親妹子，後來才曉得這梁家原本的姻親李氏還是我家旁支呢。那時候李家親戚多不覺得什麼，如今卻覺得有些親近；如此看來，夏樊之倒也挺看得上李小芸。」

李太后一想起李桓煜念著李小芸那種女孩，心裡就有些不舒服，但是又擔心孩子同她疏遠，這才迫不得已點了頭。若是李小芸有自知之明，自己作主嫁給他人，她真是求之不得，必然會好生賞賜些陪嫁，恭送她出閣。

王氏見太后臉上隱隱有幾分興奮，急忙附和道：「要是李小芸嫁入梁家，也是一段佳話，小主人就不用老惦記著她了。」

太后不停點頭。「這夏樊之啊，惹人討厭了這些年，總算做了件入得我眼的事情。我想煜哥兒也未必多喜歡李小芸，不過是一起生活下來的情分罷了；更何況李小芸大煜哥兒三歲，煜哥兒年紀小戀著她，懂事就該煩她了。李小芸若是嫁入梁府，倒是了卻我的心事，於她、於煜哥兒都不是壞事。」

「王氏，妳且告訴小芸，讓她在家多住幾日，最好趁著煜哥兒沒回去前把婚事訂下才好。」太后竟是比誰都著急，決定放李小芸幾日假。

「娘娘您放心吧，小芸已經回家了。」

「好，派人幫我盯著進展……」

王氏道了聲遵命，便下去了。

第五十三章

李小芸風塵僕僕地回到家，遇到顧新，忍不住感嘆道：「新哥兒，你可真夠高的呀。」

顧新納悶入門而來的高䠷女孩是誰，望著她水汪汪的目光不由得臉上一熱。「妳……啊，莫不是小芸姊姊？」

李小芸輕聲笑了。

「出去幾年，連我都認不出了？」

顧新眨著眼睛盯著她，不可置信道：「這是女大十八變嗎？小芸姊姊，妳簡直像是變了個人一樣。」

李小芸輕快地笑了，走入屋內，朝李蘭道好。

李蘭走上前接過她手裡的外衫。

「這次可以休息幾日？」

「四天，年後宮裡不忙。」

「妳這都入宮一年多了。」李蘭嘆了口氣。「小芸啊，妳也不小了，婚事還沒著落。」

李小芸有些尷尬，四處張望道：「煜哥兒呢？他沒回來嗎？」

「桓煜哥有功，被留在京中等賞了。據說聖上賞完後還有其他大官請客應酬，總之要幾日後才會回來。」

「這樣子啊……」李小芸蹙眉道：「煜哥兒會喝酒了？」

「啊？」顧新感覺自己似乎說錯了話，急忙否認道：「沒沒沒，就是平日裡兄弟們高興淺嚐過幾口罷了，不敢真喝，不過桓煜哥酒量還是挺好的。」

「不會喝還敢說酒量好？我看是沒少喝。」

顧新頓時覺得鬱悶，若是小芸姊姊因為喝酒的事情訓斥桓煜哥，他怕是第一個會被收拾的人。

幾個人說說笑笑了一陣，李蘭將李小芸拉進內屋，仔細看著她。

李小芸穿著一身淡綠色長裙，領口處刺著一隻金色孔雀，襯托得她容光煥發。鼻梁直而高挺，脖頸極其纖細，鎖骨清晰可見，她本身胸脯高聳，隱隱透著幾分性感。

「小芸，妳是大女孩了呢。」李蘭忽地感嘆起來。

李小芸臉頰一紅，她淡然地笑著，一年多的宮中生活讓她整個人看起來越發淡定。

「妳……上次見黃怡時，她可曾提起什麼？」

李小芸一怔，沒想到話題轉換得倒是極快。「怎麼了？」

李蘭笑了，歪著頭若有所思地盯著她。

「孩子大了，不中留呢。」

李小芸再如何沈穩，說到婚事也有些羞澀。

「可是……有誰來提親？」

「怎麼，妳知道啦？」李蘭忍不住調侃。

李小芸想起黃怡那日的話，腦海裡浮現出一雙淡淡的眼眸，竟是不知道該說些什麼了。

她點了點頭。「我見過他。」

「妳見過那位梁家三公子嗎？」

「我……話說回來，我好像還真見過他。就是繡娘子比試那天，我被小花收買的太監故意載著繞了遠路，後來往城裡跑的時候，見過他。當時沒有當回事，後來那天又在梁府見到他，再加上黃怡說他有意求親，我猛地想起來那日偶遇的人就是他。」

李蘭笑道：「很多夫妻在洞房前從不曾見面，他曉得妳的模樣，又主動提親，可見是中意妳，這是好事。」

李小芸咬住下唇，有些害臊。「他模樣挺好，家世也不差，我倒是覺得自己配不上他，也不知道他到底看上我什麼。」

李蘭伸出手摸了摸她的臉蛋。

「看上妳什麼？看妳貌美如花呀。」

李小芸無奈道：「快挖個洞讓我鑽進去吧，師父，妳這不是損我嗎？」

「哪裡損妳了，妳小時候那是因為太胖了，瘦下來怎麼都好看，還不拿著鏡子自個兒照照？」

李小芸被李蘭說成了個大紅臉。「好了，我都不好意思了。」

「而且……」李蘭曖昧地瞄著她的胸前。「妳個子高、身形好，當年在如意那兒沒白養……」

「師父，您到底在想什麼啊……」李小芸實在有種百口莫辯的無力感。

「妳也該知曉這些事情了，我那兒有幾本壓箱的書，改日拿給妳，那還是我成親時別人給我的……」李蘭說完也有些害臊。

李小芸好奇地看著她臉上的紅暈，輕聲道：「新哥兒就是這麼來的？」

李蘭垂下眼眸。「不然妳以為他是從石頭裡蹦出來的？」

「咳咳……」李小芸尷尬至極。

「不過話說回來，我去測了你們倆的八字，還挺般配，妳怎麼想？」

「我……」李小芸看向桌角。

李蘭深深地嘆了口氣。「妳……是不是在想桓煜？」

李小芸一下子沈了臉，不想說話。

「小芸，妳……喜歡過二狗子，對吧？」

李小芸低著頭，點了點頭。

「那……喜歡煜哥兒？」

李小芸一直沈默著，她猶疑片刻，忽地抬起頭，眼底卻閃著淚花。「師父，我不知道。」

「那妳對他是什麼感覺？」

「我……我不清楚。但是我知道我無法拒絕煜哥兒的任何要求，只要他難過，我就比他還要傷心。我從小看著他長大，我最難的時候，是煜哥兒陪著我走過來的；我沒人理的時候，也只有煜哥兒不嫌棄我，我做什麼他都覺得好，在他眼裡，我一直是最美的人。最重要的是他眼裡有我，他看著我的時候眼底是有我的，那時候我才覺得生活沒那麼灰暗，至少有人在乎我。」李小芸說著說著，竟泣不成聲。

「突然有一天，他用很稚氣的聲音和我說，他心悅我，我竟感到莫名歡愉……但是隨之而來的是巨大的恐慌。這分喜歡或許只是他習慣我出現在他的生命裡，不願意改變，這是靠不住的，若有一天他遇到了真正喜愛的女孩，我又算什麼？一個拖累？或者說，一段記憶？那種感覺定是生不如死，所以我寧願不和他在一起，永遠維持著姊弟的身分，便可以無所顧忌地陪著他，看著他長大、成親、生子、變老……」

「小芸……」李蘭心疼地將她擁入懷裡。

「我眼看著就要十八了，他還不到十五呢。女人的容顏本就易老，我很怕有朝一日煜哥兒會被人指指點點。我沒有很好的出身，還曾被許配給傻子，那傻子還死了，大家肯定認為我命硬至極，還是個禍害。我很希望十年後的桓煜還是心裡有我，又覺得一切太過飄渺，整個人好像走在岔路口，有好幾條路，怎麼走都是錯。」

李小芸擦了下眼角，幽幽道：「師父，我該怎麼辦？嫁了梁家三公子嗎？可是桓煜怎麼辦？他會很難過的，哪怕世人常說長痛不如短痛，我都捨不得他有一點難過。他是我帶大的孩子，我真希望他每天都很幸福；我甚至想過，就這麼陪著他，像他小時候無條件陪著我似的，直到有一天，他不再需要我，那麼我就放手……」

「可是如此一來妳的婚事呢？可別老無所依……」

「師父您還帶著孩子呢，不也走過來了嗎？我曾以為這輩子會活在別人鄙視的目光裡，可是事實並非如此；我以為爹娘會善待我哪怕一分，可是他們沒有；我更以為我會嫁給傻子這輩子完了，但還是走到了今日這一步。經歷了這麼多事，我覺得自己越來越堅強，堅強到我都有些害怕自己。我在宮裡見過翠娘了，師父，您不會想像到現在的翠娘變成什麼樣了。所有人都在變，唯獨我的煜哥兒沒有……也許他以後會變，但是在他還沒有變的日子裡，我還是想搏一回。」

李蘭輕輕拍著她，忍不住落下眼淚道：「好孩子，我懂了，梁家的婚事我會回了；但願煜哥兒……不會變。」

「師父，我是不是很貪心？我明明知道煜哥兒年少才會依戀我，我卻決定滿足這分依戀，而不是推開他。」

李小芸紅著眼睛，目光露出複雜的情緒。

「只要煜哥兒不負我，我便不想離開他，不管別人說我們多麼不般配。」她攥著手帕，彷彿做出了艱難的決定。

「不說了小芸，桓煜心悅妳，妳也喜歡他，本就是天經地義的事，幹麼把自己說得那般卑微？」

李小芸吸了吸鼻子。

「師父，我只是有些擔心。這陣子我也想了許多，尤其宮裡的好多事情都能連在一起，我心中隱隱有一種擔憂的感覺。」

李蘭抬起眼，輕聲道：「可是關於桓煜的身世？」

「嗯……」李小芸哽咽道：「我倒是寧願他止步於此，不要再向前走了，否則我真追不上他。」

「小芸……」李蘭嘆道，也不想討論這個話題。

李小芸在她懷裡哭了一場，壓抑的情緒宣洩了一些。

隨後李蘭寫信給夏子軒，說小芸還是想等李桓煜成親後，再考慮自身婚嫁。

夏子軒感到很遺憾，但仍同父親說了。

鎮國公府設宴招待此次有功之臣，特意邀請了李桓煜和李邵和。李桓煜近來在京中一直住在義父家，他們兩人雖然不大見面，卻始終有些許別人比不過的情誼；李邵和心底最在乎的除了亡妻，便是李桓煜了。

李府大門前，他看著李桓煜，眼底帶著濃濃的笑意。

「你這塊頭長得不錯。」

李桓煜嗯了一聲，還比劃兩下給義父看。

「怎麼樣，還不錯吧。」

李邵和笑道：「待會兒到了鎮國公府說話穩重一些。」

李桓煜不甚在意地哦了一聲。「知道了。」他兩腿用力夾了下馬肚子，揚長而去。

李邵和在後面追著，慈愛的目光望向消失在塵土中的身影，無奈地搖了搖頭。

鎮國公自然早就從聖上那兒得知李桓煜的身世，加上李邵和本就同鎮國公府親近，所以他們兩人一到，國公爺的長子李佑楠便親自出來迎接，將他們帶到上座。

其實若不是看在李邵和的面子上，李桓煜本想盡快回去見小芸的。

他才坐下，一陣香味便襲來，他打了一個寒顫，耳邊傳來柔聲細語。「小李將軍，久仰大名，奴家為您分肉……」

李桓煜眉頭一皺，往左一看，父親已經不在座位上，被鎮國公拉著去了旁桌喝酒。

右邊一位年輕貌美的侍女眨著眼睛看著他，她膚若凝脂，墨黑色長髮盤在腦後，目光帶著曖昧，臉頰泛著淡淡的紅暈。

「什麼肉？」李桓煜隱隱有些不快。

「烤全羊。小李將軍喝酒嗎？奴家為您斟酒。」她說著便靠了過來，嚇了李桓煜一跳。

他本能地左手一揚，打翻了侍女手中的托盤，酒壺也破碎在地。

「放肆！」李佑楠大步過來。「怎麼伺候人的，竟是開罪了小李將軍。」

那女孩哭得梨花帶雨，跪在地上，透明薄紗覆蓋著的肩膀微微顫抖著。

李佑楠偷偷看了眼李桓煜，見他絲毫沒有憐憫之色，也無意替侍女求情，反而說道：「你家侍女到底有無規矩？說話語氣讓人受不住。」

李佑楠挑眉，不由得對李桓煜刮目相看，男孩在這種年齡正是情竇初開的時候，他居然一點感覺都沒有。他厲聲道：「還不快滾。」

「我爹呢？李大人。」李桓煜抬頭一望，發現李邵和竟已離座，而他喝了點酒，倒是有些睏倦，他近來快被賞賜宴煩透了。

「李先生稍後還要同家父談事情……李公子若是累了，不如去客房休息。」

「那麻煩李大人了，我有些累了。」他酒足飯飽，不覺得有留下來的意義。此時有人過來主動交好，都被李桓煜一一推掉。

李佑楠吩咐人給他備了一間房，供其休憩。

「李公子先去吧，我會同你爹說。」

李桓煜嗯了一聲，轉身離去。

軍隊裡都是男人，偶爾會喝些小酒，他本覺得自己酒量不錯，沒想到今日鎮國公府的酒是陳年老酒，起初喝著沒感覺，後勁卻十足。他進了客房，爬上床就覺得頭疼，閉眼睡了。

半夜時，李桓煜半睡半醒，總覺得身子有些沈。

他一睜開眼睛，嚇了一跳，急忙推開身上的人。「誰！」

燭火被人點著，映入眼簾的居然是名只著肚兜的豐腴女人。

他剛要發怒，卻有些悵然。這女孩銜著他淺淺微笑，有那麼一瞬間竟讓他想起了李小芸，她除了眼睛比小芸大一些外，竟和她有八成相似。

「李公子，奴婢翠娥，奉命來服侍您；剛才您醉了，便將我……拉上了床。」女人目光閃爍，含情脈脈。

李桓煜頭疼欲裂，頓時認為自己著了鎮國公府的道。

「李公子，如今已是半夜了，您若是嫌棄奴婢，奴婢在外屋躺著，您趕緊休息吧。」

李桓煜冷聲道：「妳在撒謊，對不對？」

翠娥羞道：「奴婢有什麼可撒謊的。」

「哼，我肯定什麼都沒做。」

翠娥笑了。

「李公子確實沒對奴婢做什麼，不過是抱著奴婢叫小芸……」

李桓煜滿臉通紅，深思片刻，依然不認為自己會做出這種事情，可是此時若趕她出去，這副模樣別人看了該如何說？到時候傳出去，他的清白就這般毀了，小芸知道了會不會誤會啊？他莫名揪心起來。

他毫不猶豫地下地拿起桌上的長劍，一下子就抵著女子喉嚨。「還想如何騙我？」

翠娥愣住了，她沒想到李桓煜竟然不上當，於是急忙磕頭。「奴婢錯了，奴婢這就穿好衣裳，到外屋躺著。」

「滾，去穿衣服。」李桓煜咬牙道。

這到底是誰設的局？他義父呢？

翠娥穿好衣裳，安靜地跪在地上。「奴婢不過是聽我家老爺之命，來服侍李公子。」

「妳家老爺是誰？」李桓煜此時也穿好衣裳，不忘記給自己倒了杯水，坐在椅子上聽話。

「我家老爺是國公府二爺。」

李桓煜有些納悶，這麼簡單就招了？他雖然覺得其中有問題，卻依然恨透了鎮國公府。

「妳給我畫一份走出去的地圖。」

翠娥詫異道：「李公子是要走嗎？京城晚上是有宵禁的，您去哪兒？」

「我出城。」李桓煜淡淡道：「妳只需要照著我說的去做便是。」

翠娥老實地拿出紙筆開始繪圖，不忘記提醒道：「城門開不了的。」

「不用妳告訴我。」李桓煜冷冷道。

翠娥將路線圖交付給他，再次低下頭跪著。

李桓煜將她綁了扔在院子後，看也不看一眼，出了門爬上牆走了。

吹著夜風，他的頭腦有些清醒，一路趕到城門口。此時城門未開，守城的官兵見他騎著馬，道：「來者何人？」

李桓煜只道是半夜睡不著，打算趕著城門一開就出城。他給侍衛塞了碎銀，便被允許在城門口待著。李桓煜索性靠著牆站著，低著頭，從懷裡掏出一個手串，上下揉捏，手串下是一枚好看的紅色結釦。

過了一會兒路過一個打更人，在城門口停下。「今兒個人多啊。」

不遠處又來了兩名等開城門的人。

「你們出城幹麼？」

「去城外河邊的魚市，早上便宜。」

「這是不上稅的市場，官府不允許的。」

「所以才趕早啊，一會兒就結束了。」

李桓煜聽著他們聊天，沒有打岔。幾個人時不時看向他，只道這小哥模樣看不清楚，渾身的氣派卻是不俗。

「都春天了，天氣還這麼冷。」

「嗯，不過宮裡熱鬧嘛，據說此次歐陽穆大將軍請賞的帖子上足足寫了一百多人。」

「所以當兵要跟對了主子。」

「這次小李將軍可是出名了，這人是從哪裡冒出來的？」有人提及李桓煜的名字。

「我還聽了個事，有人傳他是當年鎮南侯府的遺孤呢。」
「鎮南侯府？不會吧，這可是太后娘娘的娘家啊，不是說全死了嗎？」
李桓煜忍不住豎起耳朵聽著。鎮南侯府遺孤？他倒是不曉得自己什麼時候成了太后的親戚。
「鎮南侯當年堪比如今的靖遠侯府呢。」
「何止啊，鎮南侯的地位可比靖遠侯高多了，至少沒聽說誰敢劾奏鎮南侯的……咱們大黎南邊疆土穩固，也是鎮南侯的功勞。」
「可惜啊，一群匪徒竟是掃平了鎮南侯府。」
「匪徒？你也信啊……」有人感嘆。
話說到這裡，眾人一陣沈默，竟是無人接話。
「要真是鎮南侯府遺孤，豈不是成了香餑餑了？我們老家還有一處鎮南侯的老宅子，如今沒人住呢，荒涼許久，縣太爺也不敢動。」
「太后娘娘在呢，誰敢輕易動？」
「那戶宅子風水極好，曾被一個富戶看上，當時鎮南侯去世多年了，縣太爺就允許了買賣。」
「主子都不在了，還可以買賣？」
「其實是不成的，誰曉得他們動了什麼關係，後來……」

那人嘆了口氣道：「那富戶死了，沒一年我們縣太爺被查出貪污。說實話那麼個窮縣，也不知曉他有什麼可貪的？前年我回老家，才知曉那富戶後人當了官，才一年就被查出重罪，株連九族，曾經替李家管理宅子的那家人莫名失蹤。後來有人在市場上看到一串紫玉，據說就是那戶人家的孩子曾經拿出來顯擺的；再問那賣玉人，說是從後山挖出來的，挖的時候旁邊還有白骨……」

大家一陣毛骨悚然，有人插嘴道：「活該啊，太后活得比聖上還好呢，就有人敢打李家產業的念頭了。」

「誰想得到呢？鎮南侯三個字已經二十多年沒出現在朝堂上了吧？」

李桓煜垂頭深思，對於自己的身世，他不是一點感覺都沒有，有時候想想，一個個出現在他生命中的人都有些許蹊蹺。

小時候不覺得怎樣，長大後看別人，才發現自己的命運堪稱離奇。尤其是在歐陽穆手下，大將軍待他人冷淡，卻唯獨將他當成弟弟般看重；若說這是看在燦哥兒的情面上，也有些說不過去。

越是懂得多了，越是瞭解到靖遠侯府的強大。歐陽燦這種身分的人居然會出現在他的童年裡，十分不可思議。所以聽聞這些消息他雖煩得要命，卻一點也不震驚。

偏偏離城門大開還有半個時辰，此時門口聚集的人越來越多，大家閒著也是閒著，聊東扯西，還有人帶著小板凳，坐下和官差一起喝了口小酒。

「如今也算是國泰民安，有啥可站崗的？這裡是京城呢。」

「鎮南侯雖然不在了，西河郡還有隋家軍。」

「說起最近京城裡有趣的事，前陣子陳宛大人家的後院曾經出現過七彩祥雲呢。」

「啊，我也看到了，不是都說他們家的嫡長女陳諾曦是天上仙女降世嗎？」

眾人一陣附和，可見當時見到此景的人甚多。

「是啊是啊，二皇子、五皇子都想求娶她，當初本是要冊封她做四皇子妃，但是四皇子早早沒了。」

「命薄哦……別說皇子們，不是講歐陽穆之所以寧可不歸家也不娶駱家女的原因，便是為了這位京城第一才女陳諾曦嗎？」

「還有這種事情？也不知道陳諾曦會花落誰家。」

「別胡說八道，歐陽穆將軍早先確實對陳諾曦有好感，但是如今已經換了目標，要求娶定國公府的梁希宜了。」

「定國公府？就是兒子要娶妓女，差點被聖上拿下爵位的定國公嗎？」

官差忍不住揚手拍了下諷刺定國公府那人的額頭。「定國公好歹是國公爺，哪裡容得你瞧不起？」

李桓煜皺起眉頭，歐陽穆的事他也是有所耳聞。起初燦哥兒說歐陽穆來京是為了陳諾曦，不知道怎麼地就和梁希宜扯上關係；要命的是燦哥兒似乎也對梁希宜有好感，雖然他自己不覺得，前陣子卻是總不由自主地說梁家三姑娘怎樣怎樣……唉……情之一字，實在讓人難懂。比如他，心裡、眼裡就只看得見李小芸，對其他女人便只感到厭惡，尤其剛才那模樣像小芸的女孩，更是讓他噁心。

不管是他的身世也好、流言也罷，他只關心小芸過得好不好，除此之外再無重要的事了。

李桓煜這頭沈默著，那頭卻依然閒聊著。

眼看著天邊餘白要衝破墨黑色烏雲，打更人又繞了一圈回來，官差準時開城門。有人看到始終站在角落的李桓煜，道：「這位小哥，你這麼早出城幹什麼？」

李桓煜一怔，懶洋洋地靠在牆壁上，壓低聲音說：「回家。」

「哦，外地人。」

官差走過來，示意他靠邊站，近距離見到了李桓煜的臉，不由得一怔，好俊秀的模樣，有些眼熟呀。他扭過頭向城門走去，示意後頭的人打開城門。

李桓煜著急離開，同他走得很近，官差猛地轉過身，瞪大了眼睛道：「你是……」

他想起來了！這人不是前幾天進城遊街的小李將軍嗎？

官差有些激動，李桓煜卻是淡淡地掃了他一眼。「嗯？」

官差又急忙回過神，忙正事去。城門剛開，李桓煜便上了馬，官差不敢攔，任由他快馬加鞭離去。

他望著遠處看了一會兒，心裡暗道，但願小李將軍不記仇……他們可是說了他半夜呢。

其餘在城門口聚集的人不滿了，抱怨道：「官爺，那人誰啊？您怎麼讓他就這麼走了？我們還要排隊驗證身分呢。」

官差冷冷地掃了他們一眼。「少廢話，排隊！」

眾人都著急出城，也沒敢多說話，開始排隊。

第五十四章

皇后寢宮

歐陽雪身子不舒服，早起吃了些稀粥。

她望著窗外尚顯昏暗的天空，唇角微微揚起，朝旁邊的崔太監道：「昨兒個鎮國公府設宴，不曉得是否賓主盡歡？」

崔太監笑道：「娘娘放心，一切都安排妥當，此刻小李將軍應會在溫柔鄉中清醒。」

歐陽雪點了點頭，故作悲傷道：「不曉得太后若是知曉此事，可還有和鎮國公府交好的可能，李邵和也是留在鎮國公府過夜了？」

「是的，咱們家穆哥兒這次得了那麼多封賞，他們怕是又開始算計了。」

「真真是一日都無法讓人安生。」

「據說小李將軍潔身自愛，性格直率，定會同鎮國公府生出疙瘩。好歹老侯爺早年便搭上李家這條線，總不好讓某些人捷足先登。」

歐陽雪半眯著眼睛，嗯了一聲。此次算計鎮國公府，他們搭上的是鎮國公二兒子。這位二老爺本以為能討好李桓煜的舉動，恰恰惹怒了他；而且鎮國公肯定想不到，李桓煜被人下了藥……李桓煜定會把這筆帳算在鎮國公府頭上，還何來合作之說？

歐陽家當年之所以願意庇護李氏遺孤，不外乎就是料到有朝一日他們會成為聖上的眼中釘、肉中刺，才想同太后合作。

如今歐陽家盡全力捧著李桓煜得了軍功，皇上倒是想白送人情給太后，她豈能眼看著什麼都不做呢？

崔太監見皇后娘娘閉目養神不說話，怕她還擔憂著李桓煜的事情。「奴才還有一事稟報娘娘，老侯爺年後便遣世子和世子夫人同若蘭姑娘進京了。」

「哦？」歐陽雪莫名笑了，淡淡說：「吩咐下去，必須招待好了；尤其是若蘭姑娘，幾年不見，怕是出落得越發水靈了吧？」

崔太監唇角揚起，也是笑了。

老侯爺若是連這點算計都沒有，如何躲過聖上一次次挑起的朝堂風波？

聖上以為承認了李桓煜的身分，便可以讓歐陽家和太后走得淡了，卻不曉得，還有白若蘭這條線呢，靖遠侯當年讓大兒子娶了地位看似卑微的白容容做世子妃，難道是白送的嗎？

白若蘭被接到白容容身邊教養，同歐陽家幾個兄弟頗為親近，更不僅是好心而已。

按照侯爺最初設想，白若蘭也是要給歐陽家做兒媳婦的，只是沒料到，歐陽家這幾個孫子一個比一個難管教。

於是退而求其次，便想著培養六皇子同白若蘭的感情。

如今看來，六皇子倒是挺寵著白若蘭的，事情發展頗讓靖遠侯和皇后娘娘心安。歐陽家功高震主，若是無法同未來聖上親近，早晚還會面臨今朝的窘境。

郊外

李桓煜眼看著就要到了顧家別莊，整個人才算放鬆下來。

他跳下馬，見天色尚暗，索性翻牆進了院子，直奔李小芸閨房。一想到即將見到她，李桓煜心頭就一陣熱乎，什麼頭疼、身子冷都拋在腦後；只想著稍後定要小芸給自個兒暖暖身，他渾身軟綿無力，竟是有些風寒的徵兆。

李小芸此刻剛剛睜眼，這幾日她比較淺眠，想下床喝口水，卻發現有影子站在門口。

她嚇了一跳，拿起桌上的硯臺，側著身擠在屏風後面。

那身影推開門，李小芸看著他進來，扔出硯臺，然後往外面跑去。

她才要抬腳邁出門，卻因熟悉的聲音止住腳步。

「好痛！小芸……」

李小芸回過身，待發現躺在地上的人模樣有些眼熟後，慌亂地撲過去。「煜……桓煜，是你？你怎麼了？」

李桓煜委屈地眨著眼睛。「小芸，我想妳了。」

李小芸的胸口彷彿化了一般，心疼得要命。「你幹麼不走正門？天還沒亮呢，折騰什麼呢？」她扶著他起身，往床邊走去。「快躺下，你手心好熱呀。」

「小芸，讓我看看妳。」李桓煜坐在床邊，兩隻手托住李小芸的臉蛋。「怎麼又瘦了？下巴都尖了。」

李小芸被他磨蹭得臉頰發熱，慌張道：「如何？看不順眼嗎？」

「不不不……小芸什麼樣我都喜歡，就怕是妳這副樣子惹得別人也喜歡，我就不高興了。」李桓煜如實道，雙手攬住她的腰。「抱抱我，小芸。我好想妳……日日夜夜地想，每時每刻地想……」

「不害臊。」李小芸嘴巴上說他，心裡卻很甜蜜，兩隻手放在他後腦勺，順著髮絲來到前額，猛地叫道：「天啊，你受風寒了吧？額頭好燙！」

李小芸害怕極了，轉過身就要去尋大夫，卻被李桓煜拉住，無法脫身。

「陪我，別走。」李桓煜攬著她的腰，任性道。

李小芸沒辦法，哄著他道：「來，先喝點水，然後把鞋子脫了，上床躺著，我給你多蓋兩床被子，出些汗就好了。」她收起杯子，又把外屋的被子搬進來給他蓋了。

「那妳呢？」李桓煜不老實，攥著她的手腕不肯放。「妳上來陪我，否則我才不要睡覺，再睜眼妳又不知道到哪裡去了。」

李小芸實在抵不過李桓煜的目光，脫了鞋上去陪他。

她尚未穿外衣，身上不過一層單薄裡衣，讓她「出色」的身材更顯玲瓏有致。李桓煜動了心神，環著她的腰道：「小芸，妳好香。」

李小芸渾身發熱，命令道：「不許再這般碰我，否則我真走了！」

李桓煜哦了一聲，感覺到李小芸的存在，心裡很踏實，這才捨得閉上眼睛。他本能地往李小芸懷裡撲，枕著她的胸前睡著了。李小芸推他也不是，摟他也不是，僵硬著身體躺著足足有一刻鐘。

直到耳邊傳來均勻的呼吸聲，知曉李桓煜睡熟了，她才小心翼翼地拿開李桓煜放在她身上的胳臂，躡手躡腳地下了床。

「姑娘，可是有事？」窗外傳來丫鬟的聲音，嚇了李小芸一跳。

她有些心虛道：「等等。」

李小芸急忙套上外衫，隨意穿了條外褲，也顧不得梳妝打扮，推開門道：「嫣紅，去幫我喚李蘭師父過來，說有要事，然後讓顧安去城裡請個好點的大夫。」

嫣紅一怔。「找旁邊莊子上的陳大夫好嗎？」顧家別院在東華山山腳下，進城比較遠，大多都是在陳家莊尋大夫。

「不好，進京請，要好點的大夫，然後吩咐廚房熬退熱藥，我記得上次多開了些出來。」

嫣紅點了點頭。「奴婢遵命。上次的藥還有呢，我立刻去熬。」

李小芸吩咐完了才轉身去照顧李桓煜。他似乎又高了一些，長長的睫毛落在眉眼間，鼻梁筆直高挺，五官輪廓彷彿畫出來似的精緻。李小芸看得癡了，暗道這樣的少年郎誰不喜歡？

「咳……」突然一聲咳嗽自身後傳來。

李小芸趕緊站直身子，退後幾步，回過頭道：「師父。」

「看什麼呢？人都進來了還注意不到。」李蘭走到床邊，怔了片刻。「煜哥兒回來啦？怎麼會睡在妳床上？」

李小芸急忙解釋道：「他應該是一開城門就出來的……身上有酒味，說話迷迷糊糊，額頭特別燙，我吩咐了嫣紅去熬退熱藥，還讓顧安去京中尋大夫。」

「哦。」李蘭坐在床邊，探過手一摸，嚇了一跳。「好燙啊，他定是原本就不舒服，然後又吹了風。」

李小芸眼眶發紅。「看著真令人心疼。」

「小芸……」李桓煜迷迷糊糊地喚了她一聲，兩隻手在空中胡亂擺著。

李小芸急忙把手遞過去，重坐回床邊，一臉焦急。

李蘭看著她搖了搖頭。「好生照顧他吧，我會令人遠著這院子，省得擾了你們。」

李小芸臉上一紅。「稍後我餵他吃藥，出點汗應該就會好了。」

李蘭嗯了一聲。「夏子軒尋我有事，煜哥兒又在家，我打算帶新哥兒去見他。」

「您是要和新哥兒說了嗎？」李小芸詫異道。

「早晚要面對的事情，我怕過了這個機會，就沒有下一次了。現在新哥兒可惱夏子軒了，一直說什麼不許我另嫁，要對得起他早逝的爹……」

李小芸忍不住笑道：「好吧，這對新哥兒來說是個坎，他也大了，是該知道的。」

李蘭摸了摸她的頭。「別擔心，煜哥兒從小身子就壯實，好好養一下吧，興許是昨晚吹了風。」

李小芸點了點頭。「師父您忙去吧，不用擔心我。」

李蘭捏了捏她的手心以示鼓勵，便轉身離去。

嫣紅把藥熬好，在門口候著。她聽李蘭師父說了，小芸姑娘的弟弟李桓煜在裡面；可是嫣紅卻有些不明白——上次還說是未婚夫婿，怎麼又成了弟弟？李桓煜到底和小芸姑娘是啥關係呀？

李小芸讓她把藥放在桌子上，便打發她出去守著院子，嫣紅聽話地老實離開。

李小芸把湯藥倒入小碗中，放涼了一下，待差不多了方推了推李桓煜。「乖，起來吃點藥吧。」

李桓煜迷迷糊糊地睜開眼睛，明亮的屋子裡，一張熟悉的容顏映入眼簾，他伸出手，指尖摩擦著她的臉蛋。「餵我吃。」

李小芸臉上熱熱的，點了頭道：「還不坐起來？否則我如何餵你？」

李桓煜立刻端坐起來。

李小芸在他身後墊了墊子。「靠穩了。」

李桓煜像小孩子似地聽話坐好，清澈的目光始終黏在李小芸身上。「餵我。」

李小芸哦了一聲，用勺子盛好湯藥，吹了吹。「來。」

李桓煜老實吃藥，視線卻始終望著她。

「小芸，妳想我沒？」他喝了一口藥道。

李小芸繼續重複剛才的動作，把湯勺遞過去。「想了。」

李桓煜沒想到可以得到這麼直接的答覆，身心俱爽，二話不說就喝了大口的藥。

「那妳哪裡想我了？」他眼巴巴地看著李小芸。

李小芸極力克制著臉上的熱度，將碗遞給他。「一口氣喝掉，我才告訴你。」

李桓煜聽話地喝光湯藥。

李小芸忍不住笑了，垂下眼眸道：「哪裡都想你。」

李桓煜頓時像隻雀躍的小鳥，瘋了似地一把拉住她的手，往自己胸口探來。「我這裡想妳。」

又追問：「妳也是吧？」

李小芸沈默不語。

李桓煜著急了。「要不再給我一碗藥吧？」

李小芸沒好氣地掃了他一眼。「你當吃藥是吃飯啊……這還可以商量的？」她回過神收拾湯碗，喚來嫣紅撤下。

待嫣紅離去，李桓煜又來了精神，一臉委屈道：「小芸，我頭疼。」
李小芸不得已又來到床邊。「那你躺下吧，我給你揉頭。」
她幫他按了一會兒前額，便見他半閉著眼睛。「真舒服。」
又聽他理所當然地說：「小芸，我心口也疼，妳另外那隻手別閒著了。」
李小芸不由得想起李桓煜小時候最愛讓她做的事情……
「待會兒不會腳也疼吧？」她輕笑道。
「不會……」李桓煜忽地睜開眼睛。「我寧願妳碰我其他地方。」
李小芸滿臉通紅，望著他目光炯炯的眼神，佯怒道：「再這樣說話我就不理你了。」
李桓煜急忙按住她的手，攥在手裡。「我錯了，妳別走。其實我昨晚被人算計了。」
李小芸嚇了一跳，問道：「你被誰算計了？」
「鎮國公府，我和義父本是去他們家吃酒，他們居然給我下了藥。我去客房休憩，半夜醒來有一名女子和我同床。」
李小芸大驚失色，胸口泛起了難過的疼。
李桓煜怕她誤會，急忙道：「小芸，妳放心，我沒失身……」
他無辜地看向小芸，下巴蹭了蹭她的手。「我還是乾淨的，那人是想誣賴我；不過我又不是傻子，我做沒做過自己還不曉得嗎？」
李小芸見他說得很自信，垂下眼眸道：「你倒是挺有經驗的。」

李桓煜臉上一熱，彆扭道：「我根本就沒做過，又要如何和她……」

李小芸頓時啞口無言。

「小芸，妳、妳嫌棄我嗎？」李桓煜見她表情豐富，有些氣急敗壞道：「燦哥兒也說我應該去學學……可是他帶我去的花樓裡的那些女子我實在是……看著就討厭，我不樂意她們近我的身子。」

李小芸咳嗽一聲。「別聽燦哥兒瞎說，你這樣最好，我……我也不希望你去學這些東西。」

李桓煜認真地看著她。「小芸，妳真的不介意嗎？」

李小芸撇開頭道：「那我什麼都不會，你介意嗎？要不然我也去學學？」

「妳敢！」李桓煜大怒。李小芸同其他男子說話他都氣不打一處來了，還讓她去學這玩意兒。「不成！要學也是我學！」

「你才敢！」李小芸學他的口氣。「好了，煜哥兒，你若是想我和你好，便不可以去學。」

李桓煜一怔，瞬間瞭然，探過頭看著李小芸。「妳、妳願意和我好啦？」

李小芸苦笑道：「誰讓我捨不得你呢？只好……一切都聽你的。」

李桓煜開心得不得了，身子骨兒的不舒坦也忘記了，整個人輕飄飄的彷彿待在雲朵上，唇角快咧到耳邊，笑出了聲。

李小芸不好意思地轉開頭，捏了捏被褥。「快睡，否則藥效就沒了……待會兒出汗，熱度就會退下來。」

李桓煜沒吭聲，李小芸便繼續說著：「聽話，身子骨兒要緊，我在床邊一直陪著你。」

李桓煜還是沒說話。

李小芸這才不好意思地轉過頭同他直視，發現他一直盯著自己，目光裡帶著濃濃的情意。

「幹麼看著我？」她嬌怒道。

「陪我。」李桓煜輕聲說。

「陪著你呢……」她低頭羞澀道。

「上來陪我……幫我暖被子，我不想一個人睡，渾身冷。」他臉色蒼白，倒是有幾分惹人憐憫。

「我怕鎮國公府還有後手，就綁了那姑娘扔在院子裡，自己跑出來了；可是城門還沒有開，就在城門口一直站著，外面可冷了，天空還特別黑，感覺好寂寞。後來身子不舒服，一直發抖，我就想著見到小芸後一定要讓妳陪我睡，小芸……」李桓煜輕聲細語說著，擾得李小芸亂了心神。

她愣愣地望著可憐兮兮的李桓煜，待想明白的時候已經陪他躺下。反正不是第一次共枕而眠，再說她也決定跟他了，就這樣吧。李小芸在心底寬慰自己。

「小芸。」李桓煜兩隻手環著她的腰，前額在她的背上不停蹭著。「妳都不理我了，不讓我靠著。」

李小芸猶豫著，若是正對著李桓煜，這傢伙往她懷裡一撲，絕對會枕著她的胸前……

沒一會兒，李桓煜的手開始慢慢往上爬，竟是去解她領口的釦子。李小芸嚇了一跳，轉過頭卻發現他睡著了，但是嘴巴裡不停念叨著，小芸……

李小芸躡手躡腳地跳下床，望著這張令人垂涎的容顏，胸口處是滿滿的甜蜜。至少現在的李桓煜心底，全都是她。

她會努力讓自己變得更加的好，才可以配得上小不點。

李蘭和顧新直到入夜後，才從外面回來，兩個人之間的氣氛怪怪的，誰都不理誰。顧新見到李小芸，叫了一聲姊姊，轉身就走了。

李小芸有些納悶，看向李蘭。「不順利嗎？」

李蘭眼眶發紅。「他又對子軒動手了……」

「這……」

「我說了他，他便同我急。他不認夏子軒，這倒沒什麼，可是見面就動手，我還說不得他。子軒心底有愧，就依著他胡鬧，偏偏他又不領情。小芸，妳讓煜哥兒勸勸新哥兒吧，孩子大了，我都不知道該怎麼管他。」

李小芸點了點頭，這世上的人大多如此，別人家的事情看起來簡單著呢，輪到自己就難了。

「到時候我和桓煜說，他同新哥兒在一起的年頭比咱倆都多，興許有些用。」

「我不求他認夏子軒，但至少要面對這個事實，而不是動不動就拳腳相向。」

李小芸面有難色道：「師父，您在我身上付出的心血，比投在新哥兒身上的愛多吧。」

李蘭愧疚道：「我也是不知道如何做一個合格的母親，唉……不曉得我欠了他多少。」

接著看著李小芸，幾次欲言又止。

李小芸疑惑道：「可是有話同我講？」

李蘭低下頭。「是夏子軒說的……後來我在路上也打聽了下，有所耳聞。」

「京中又出什麼新鮮事？」

李蘭目光裡帶著一絲躊躇。「是關於李桓煜的身世。」

李小芸身子一僵，竟是久久無言以對。

「小芸，煜哥兒的身世我們都猜錯了，他不是鎮國公府的私生子，卻是鎮南侯府如今的唯一後人。」

李小芸大腦一懵，沒吭聲。

饒是她一個小村姑，也多少聽聞過鎮南侯府的故事。

「怎麼就是煜哥兒呢？」

「嗯，據說遺孤是煜哥兒的親爹，妳可知道煜哥兒的親姑姑是誰？」

「誰？」

「靖遠侯府世子夫人，歐陽燦的親娘白容容。」

「啊……」李小芸懂了，為何歐陽家會和他們扯上關係，原來人家歐陽燦同李桓煜是表兄弟。

李小芸有些不願意面對這個話題，如此說來，李桓煜前途無量啊。嫡親姑姑是靖遠侯府世子夫人，姑奶奶是當今太后；他又跟隨歐陽穆征戰了兩次，還和六皇子稱兄道弟……

難怪太后待她與眾不同，讓她有些慌亂，這是好是壞？是允許了呢，還是不許他們在一起？

李桓煜不知曉小芸已知情，起床後用了晚飯尋不到李小芸，就跑到前堂，見到李蘭，恭敬道：「李蘭姊姊。」

「好孩子，越發有禮貌了。」

李桓煜靦覥一笑。「您是小芸的師父嘛……」

李小芸心事重重，沒有答話，落在李桓煜眼底有些不高興。

他跑過來捏了下她的臉頰。「還說要一直陪著我，睜了眼就不見妳。」

「嗯……」李小芸嘆了口氣。

「怎麼了？」他盯著李小芸，討好道：「我剛換了身衣服，那身衣服全是汗，妳看妳看，我出了好多汗，大好了呢。」

李小芸嗯了一聲。「好了便好。」

李桓煜面對李小芸的心不在焉，有些心酸，怎麼白日裡還含情脈脈，現在卻如此疏遠？

他心有不甘，扭過頭看向李蘭。「李蘭姊姊，小芸怎麼了？好像看到我一點都不高興。」

李蘭也不曉得該怎麼說才好。

李小芸想要點時間靜下來，消化這些訊息，她耐心地走到李桓煜身邊。「煜哥兒，我覺得照顧你有些被傳染了，今日想早些休息，明日再陪你。」

李桓煜一聽小芸不舒服，立刻臉色慘白，關切道：「妳哪裡難受？我給妳揉揉。」

李小芸搖搖頭。「睡一覺就好了，我累了，先去睡啦。」

李桓煜想追出去，卻被李蘭攔住。

「煜哥兒，給小芸點時間。」這種事情唯有自己想通才是，一想到李桓煜的身家背景，連李蘭都不大看好他們了。很多時候並不是因為沒有感情，而是世事無常。這世上有太多男人在情竇初開的時候許下承諾，執子之手，與子偕老，但是結果呢？

夏子軒還私下同她說，歐陽家有意讓六皇子娶白若蘭為妻。

若當真如此，太后必然支持六皇子登基，到時候李桓煜除了是鎮南侯以外，還是當朝國舅爺。這分顯貴，哪裡是李小芸一個小娘子承受得住的？

李小芸沒有可依靠的娘家，只有一個人，她若是跟了李桓煜，便是將未來賭在李桓煜的寵愛上；可是這世上，唯有寵愛最不堪一擊……所以家世背景不夠的，誰敢輕易嫁皇子？待日後寵愛不在，無人替李小芸出頭，便成了惡果；更悲慘的是沒人會同情李小芸，因為她出身卑賤，本屬高攀。

李桓煜雖然心底不舒坦，卻也沒有勉強李小芸，任由她去了。

他聽聞顧新回來，再加上李蘭囑託，便直接去尋了顧新。

顧新同他當了幾年兵，一直以下屬自居，所以對他很是恭敬。

李桓煜道：「你娘讓我同你講，你就算不認夏子軒，但是也別動手……他畢竟是你爹。」

提到夏子軒，顧新就不痛快。

「可是桓煜哥，你能接受有人同你分享小芸姊姊的關心嗎？」

李桓煜歪著頭想了片刻，道：「誰敢和我分享？」

不揍死他才怪！他心裡暗道。

「但是你和我不同啊，蘭姊姊是你娘又不是你媳婦。」

顧新見李桓煜不向著自己，越發反感夏子軒。怎麼這個人一出來，他娘就開始訓他，就連李桓煜都認為，他應該對這個拋妻棄子的人尊敬一些？

他猛地想起什麼，告狀道：「桓煜哥，你別給夏子軒說好話了！你知道他來尋我娘說什麼嗎？」

「什麼？」李桓煜抬眼看他。

「他來提親，給小芸姊提親！」顧新氣憤道。

李桓煜怒道：「我怎麼不曉得？」

顧新冷哼一聲。「我娘都拿八字去測了，豈能是假話！」這門親事李蘭本是在見到夏子軒後就回絕了，但是顧新當時憤然離去，根本不在場，關於李桓煜身世的事情，他自然也不知曉。

李桓煜聽到此處，喝道：「豈有此理！你爹當年幹麼去了，既然做得出拋妻棄子的事，就要承擔一切後果，現在卻想得到原諒嗎？」

他的話風立刻轉了，暗道——居然打小芸的主意，作夢！

「是給哪個臭小子提親的？」

「梁家三少爺梁啟宣！」顧新巴不得李桓煜和他同仇敵愾。

李桓煜暗暗記下這個名字，心裡十分憤怒。

他有些難過李小芸竟沒有告訴他，兩條腿不受控制地跑到她的屋門口，可是此時屋子內滅了燈，小芸興許睡著了。

他想著李小芸晚上臉色不好，怕是病了，他不應該怪罪她，或許明兒個她就會說了……

李桓煜睡不著覺，就坐在李小芸屋子外面的臺階，右手拔了幾根草，編了一頂草帽。

第五十五章

李小芸雖然滅了燭火，其實也是徹夜難眠。

腦海裡全是她同李桓煜的點點滴滴，不停在腦海裡徘徊。

她點了燭火起身如廁，一出門便看到那熟悉的背影，落寞地坐在臺階處，抬著頭，仰望星空。

四月的夜風帶著幾分春意。

院子裡小徑兩旁的草地上，呈現出暗綠色痕跡，映襯在明黃色月光下閃閃發亮。兩棵楊樹靜靜矗立著，旁邊有假山環繞，一陣風襲來，耳邊傳來唰唰唰的聲音。

李桓煜哆嗦了一下，打了個噴嚏。他猶豫著是否回去加件衣服披著，又或者直接睡覺，明兒個再尋小芸問她，梁家三公子的事是怎麼回事？

李小芸輕輕走過來，彎下身子，從背後輕輕圈抱住李桓煜。「真是不注意身體，你好了嗎？就坐在這裡？」

李桓煜身子一僵，胸口處湧上難以名狀的情緒。

「小……芸？」

「嗯。」李小芸跪在他身後，閉上眼睛，感受著李桓煜的溫度。

「小……芸……」李桓煜莫名結巴起來，不敢置信剛才還冷冰冰的李小芸，此刻又待他這般溫暖，他是否該打破此刻誘人的氣氛？

他回過頭，發現小芸的眼睛很亮，閃著水花。

「怎麼哭了？誰惹妳了？不想活了吧。」他皺起眉頭，抬起手，輕輕擦著她臉上的淚水。「小芸，不哭。」

「嗯，不哭……」李小芸深吸口氣。「煜哥兒，你此次進宮，皇上沒說什麼嗎？」

「不曾說什麼。」

「哦……」

「怎麼了？可是誰給妳壓力，我倒是有和他提起過要娶妳呢。」他聲音越來越小，到最後幾近不可聞。

「哦？你要娶我呀。」李小芸見他害臊，沒來由想要調侃。

李桓煜鼓起勇氣，盯著她。「我一直就只要娶妳呀，妳不信我而已。」

「那麼……」李小芸目光游移，彷彿用盡了全身力氣作出一個決定。「如果有一日，你身居高位，身邊可以選擇的女子很多，而我年老色衰，毫無背景，又該如何自處？」

李桓煜不可置信地看向她。

「怎麼會有那一天的到來？小芸，我們從小就在一起，以後也注定不會分開。我本沒什麼鴻鵠大志，去打仗也不過是為了妳，妳切莫本末倒置……」

「好吧，那我告訴你，李桓煜，我答應嫁給你了。喏，給你。」李小芸把懷裡的荷包塞給他，荷包外繡著金色的同心鎖。

「兩個人在一起，就是凡事都要一起面對。這一年來我也想了許多，你那麼好，我也捨不得你和其他人成親，既然如此，便放手一搏，你有意見嗎？」李小芸生怕稍後便沒有勇氣了，不斷氣地把話說完，緊張地看著李桓煜。

李桓煜則是徹底傻掉，良久才道：「小芸，妳是說，妳也喜歡我嗎？」

李小芸害羞地點了點頭，她真慶幸此時已經深夜，若是白日裡，她或許會退縮。

李桓煜咧開嘴角，無法抑制地笑出聲。

他急忙站起身，把李小芸抱了起來，轉了好幾圈，大聲道：「小芸，我喜歡妳！好喜歡好喜歡的那種喜歡！」

李小芸紅著臉，拍著他的肩膀。「放我下來，我害怕……」

「才不要！是妳說喜歡我的。」李桓煜得了便宜還賣乖，心底湧上太多快樂，若是人可以飛起來，他怕是真能興奮地飛了。

李小芸有些暈眩，柔聲道：「好了好了，大晚上你別吵醒其他人。」

其實同院子的嫣紅早就醒了，不過是尷尬得不敢出門罷了。

「吵醒就吵醒，我巴不得所有人都知道妳喜歡我！」李桓煜揚聲道。

李小芸忽地有些後悔，還不如不說那些，反正她已經會決定跟著他；只是既然兩人決定在一起，有些話便需要開誠布公。

李小芸緊緊攀著李桓煜。「我冷了，進屋說。」

李桓煜終於聽話抱著她進了屋，將她輕輕放在床上。他蹲下來，去脫她的繡花鞋。

李小芸滿臉通紅。「別……」

她話音未落，李桓煜已經脫好了，兩隻手端著她的腳丫子放進被子裡，自個兒不客氣地也脫了鞋就要上床。

李小芸渾身發熱。「你幹什麼？我可說好了，沒成親前什麼都不許做！」

李桓煜嘟著嘴。「小芸，妳當我是什麼人了？妳不是說冷嗎？我給妳暖手。」

「男女授受不親……」李小芸詞窮。

「妳和我還分得這麼清楚嗎？我全身都被妳看過的……」李桓煜脫掉外衣和腰帶，轉身就把李小芸摟入懷裡。「我們就和小時候一樣，同吃同睡，一輩子也不分開，豈不是挺好？」

……李小芸說不清楚他話裡哪裡有錯，卻覺得這是不對的；可是李桓煜的目光極其單純，似乎真的就是如此認為，一切出於本能。

李小芸哦了一聲，摸了摸他的臉。「那你睡，我哄你。」

李桓煜反握住她的手，眼睛亮亮地凝望著她。「妳從什麼時候喜歡我的？」

這個話題讓他興奮得睡不著，至少在剛才以前，他都以為這是他的單相思呢。

李小芸尷尬地垂下眼眸，臉紅道：「你能不能不要這麼直接問……」

「我好喜歡妳。」李桓煜突然探頭，親了下她的前額。「小芸香香的。」

李小芸身子一僵。

「別這樣親……」

李桓煜偷偷探頭又親了下她的額頭。「妳對我是哪種喜歡？還只是當成孩子？我不是小孩子了。」他認真說著，英俊的臉映在燭火下特別明亮。

「嗯嗯……」

他又親了她額頭一口，望著驚慌失措的李小芸，笑了起來。

他附耳道：「小芸，妳很緊張嗎？」

李小芸只覺得全身變得僵硬，渾身酥麻麻的，這個壞孩子，怎麼可以這麼鬧她？

李桓煜手指摩挲著李小芸的手腕，輕輕揉按。

「天天和小芸在一起就好了。」

李小芸一時無言，極力維護身為姊姊的尊嚴。「這是不對的，男子漢大丈夫要有所求。」

「如果妳希望我如此，那麼我就求一下。妳想讓我去哪兒，我就去哪兒，不過妳要陪著我一起走。」李桓煜很聽話地看著她，又忍不住親了一下，這次是她的鼻尖。「小芸鼻頭好涼，我給妳暖暖。」

說完就探頭過去，舔了她一下。

李小芸渾身打了個顫，差點一巴掌拍上他的臉。

「煜哥兒，不可以這樣，於禮不合。」

李桓煜胸口被塞滿，一點都不像前陣子似的，總覺得心口缺失了一角。他不理李小芸的訓斥，死死盯著她的臉頰，唇角不經意地滑過她的臉頰，又眷戀地移到額頭，來回磨蹭。

「難怪二寶老挨著大寶，真舒服呢。」他隨意念叨著。

李小芸被他弄得渾身發軟，害怕地皺起眉頭。「不成不成，你都是大人了！趕快回屋去睡。」

李桓煜一怔，頓時感到委屈，瞇著眼睛看向她。「幹麼趕我走？妳剛剛說喜歡我呢，喜歡我就這樣對待我？」

「我們還沒……你懂的，快回去吧我的小祖宗。」李小芸真是拿他沒辦法。

「我才不要做妳祖宗，我要做妳相公……」

李桓煜說著說著自個兒害羞起來，腦袋又要往她懷裡鑽，直到前額碰到一抹柔軟，唰的一下就臉熱了。「小芸，妳身子真軟。」

李小芸兩隻手捂住胸口，惱羞成怒道：「你再這樣我真生氣了。」

心意相許是一回事，可同床共枕是另外一回事啊。

「那我們何時成親呢？我想天天這般和妳在一起，我不想一個人面對冷冰冰的床，還要隨時擔心妳會不要我。」李桓煜吸了吸鼻子，可憐兮兮道。說起來，他還有事情要質問呢。於是板起臉道：「我還有話問妳，梁家三公子是怎麼回事？」

李小芸一怔，直言道：「沒什麼關係的人，不過是來提親。」

「什麼叫做沒什麼關係的人？」

李桓煜忽地翻身壓住她，兩眼圓睜。「他居然敢惦記妳，我絕不饒他。」

李小芸蹙眉道：「煜哥兒，你不要這樣，別動不動就要決定其他人的命運。」

李桓煜小時候就有些霸道，當時見了歐陽燦都不怕；如今想來，可能因為他是鎮南侯府的後人的關係。

「哼。」李桓煜挑眉。「那妳親我一口，然後說他討厭，我就不理他了。」

……「你越發得寸進尺了。」

「那……那妳罵他討厭。」李桓煜不甘心道。

「不要，這和人家有什麼關係？他也是出自好意吧——」

李小芸話未說完便被李桓煜打斷。「好意個頭，也不瞧瞧妳是誰的媳婦。」

「煜哥兒……我希望你保持本心，莫因為環境改變性子也變了，我不喜歡。」她說得很認真，倒是嚇到了李桓煜。

李桓煜變得老實。「好了好了，不想罵他就算了，因為個外人讓妳不喜歡我，得不償失。」

「你懂得就好。我剛才說過了，你若想娶我，我嫁你就是。你曉得我的性子，一旦決定的事情從不改變。」

李桓煜聽著李小芸並不能算是動聽的心聲，莫名心暖起來，握住她的手道：「小芸，我絕不負妳，死也不會。」

李小芸望著他真摯的眼眸，想起李桓煜的身世，慘然道：「但願吧。」

既然選擇了這條路，她便做好了最差的打算，不過是最終分道揚鑣，悲痛欲絕罷了。

「但是，你要聽我的話。」

李桓煜急忙點頭，生怕李小芸改變決定。

「回屋子去睡覺。」

……李桓煜垂著頭，開始裝可憐，可是這招竟然不管用了。

最後只好抱著被子轉身離開，慢吞吞地走著，時不時回頭，看著李小芸關上屋門。

李小芸嘆了口氣，李桓煜現在就夠跋扈了，到時候成了小侯爺，還有人管得住他嗎？她突然覺得日後的生活很是糟心，難怪太后去年就開始提點她了。這些時日以來，她也算突飛猛進，但願可以幫到李桓煜吧。

次日清晨，宮裡來了旨意，又宣李桓煜進宮去。

李小芸心知此次進宮怕是會將李桓煜的身世公告天下，讓其襲爵。一想到京城轉眼間就要多了個小新貴，她都不曉得顧家別院會不會被人踏爛了門檻？

李蘭索性直說病了，佯裝請大夫上門，為日後的閉門謝客作準備。顧三娘子也知曉了李桓煜的身世，心情頓時大好。顧新可是李桓煜身邊最親近的人，搞不好日後可以撈個一官半職。

李桓煜同李小芸好一番離情依依後，才離開顧家。

李小芸終是沒有告訴他一切，畢竟她們的消息都是從夏子軒那兒得來的，實際上如何仍未可知；她怕李桓煜到時有了先入為主的想法，反而衝撞了聖上。

李桓煜進宮後便被告知身世，倒是沒有太震驚。

他心底本就對身世有一定猜測，這不過是落實了而已。

關於當年恩怨，聖上自然是悲傷地訴說一番，再推給匪亂，下旨讓他襲爵。

李桓煜對此十分淡然，唯一喜悅的是——小芸嫁給他不就有了誥命身分？既然如此就沒什麼好怨天尤人的，他一心想著回去和小芸分享，她定也會替他高興。

有了爵位護身，還怕誰敢看低了他的小芸？

聖上見李桓煜根本不在乎當年真相，不由得踏實下來，一番懇談後，便吩咐他去見太后。

李桓煜遵旨，回想起曾經和太后見面的場景，頓時瞭然。難怪太后待他那麼好，怕是早知道他的身世。

他心情一好，直奔向太后寢宮。

太后早就惦記著煜哥兒，聽說他到了就急忙吩咐人給領過來。

李桓煜本是極其興奮，一入門差點摔了一跤。入眼的全是穿著紅紅黃黃綠綠粉粉衣裳的妙齡女子，還有美豔貴人們——大家正好來給太后請安，並且獻上祝賀。這些妙齡女子大多是貴人們的親戚，想到小李將軍尚未訂親，其興奮不言而喻。

白若蘭也在場，不過她是被皇后娘娘帶來的。她原本還納悶為何見到李桓煜會覺得很親近，現在想來竟是因為他們是同胞姊弟。

她主動站起來迎向他。「煜哥兒，你愣著幹什麼？」

李桓煜撇了下唇角，他本就最反感女子，現在一屋子女人，他真不想進屋啊。

「煜哥兒快來，我的煜哥兒！」太后格格笑著，完全不顧及形象，催促著王氏帶孩子上座。

李桓煜被王氏和白若蘭拉了進來，親手送到太后身邊。

賢妃娘娘看著他，誇獎道：「好俊秀的少年郎，此次南寧平亂還立了功，太后娘娘好福氣呢。」

「可不是？瞧瞧這眉眼，和娘娘多相像。」

「虎父無犬子，不愧是鎮南侯的後人。」大家奉承著，聽得太后嘴都咧開了。

「皇祖母這裡好熱鬧呀。」一道調侃的嗓音傳來，兩名年輕俊傑走了進來，正是五皇子和六皇子。六皇子和李桓煜十分熟悉，一進來就拍了下他的肩膀。

李桓煜總算看到能入眼的人了，主動靠了過去，就差狠狠挽住六皇子的手臂。

五皇子見狀，道：「皇奶奶找到親姪孫兒啦，可喜可賀。」

李桓煜挑眉看向他，這五皇子生得可真俊秀，模樣比六皇子高，卻有些瘦弱。他不喜歡，還是喜歡硬朗一些的男孩。

年輕女孩們頓時都變成大家閨秀，聽著家中長輩、宮裡貴人們說話。時不時有幾個眼神投過來，令李桓煜渾身起了好多雞皮疙瘩。

六皇子拉著他到角落，小聲道：「你那日怎麼跑出城了？後來我們都尋不到你。」

李桓煜哦了一聲。「我去看小芸了。」

「你家小芸如何了？你不會真想娶她當媳婦吧？總不可能當正妻的。」

李桓煜聞言立刻成了刺蝟。「怎麼不可能？反正我只娶她一人，太后、皇后娘娘、聖上都是明白的；若是因為一個爵位我就娶不了小芸了，這爵位不要也罷。」

六皇子急忙捂住他的嘴。「這話你和我說說就算了，別讓皇奶奶聽到。」

「反正我不管，誰也別想拿婚事阻攔我。」

李桓煜恍然大悟。

「難怪啊，今兒個這麼多年輕女孩，莫不是讓我來給她們相看的？那我豈不是損失大了？若是小芸誤會了，我連清白都沒了，還活不活了？」

六皇子無言地盯著煞有介事的李桓煜。「成了，你一個男人要什麼清白？」
「怎麼就不要了！你知道她們看我多少眼了嗎？」
「你們倆嘀嘀咕咕說什麼呢？」白若蘭穿過人群。
六皇子眼睛一亮，手中的摺扇收起來，咚的一下敲上白若蘭的額頭。「再說妳今日怎麼穿了如此寬大的羅裙？懷孕的李貴人看起來都比妳瘦。」
白若蘭臉上一紅。「你少胡說，我才沒那麼胖。對不，煜哥兒？」
李桓煜看了一眼白若蘭，對比著記憶裡被稱為胖子的李小芸，誠實道：「若蘭是不算胖。」
「你看！」白若蘭一副瞧見了吧的表情。
六皇子則是笑了，目光暖暖道：「看什麼，妳嘴角處還留著渣呢。」
白若蘭急忙擦掉糕餅渣。這個六皇子，總是拆她的臺！
太后急於私下同姪孫兒親近，便藉口累了轟人。
大家雖然不想走，卻也曉得什麼叫做識相……所以沒一會兒太后娘娘的寢宮便清空了；白若蘭也被六皇子拉著去皇后娘娘的寢宮，看據說是最新研製出來的胭脂。
李桓煜恭敬地給太后行禮，想起剛才景象，直言道：「姑祖母，剛才為何會有那麼多年輕姑娘，可是您在為我的婚事操心？」

李太后沒想到煜哥兒這般直白，不過還是因為那句姑祖母而心情大好。「一家有兒百家求呀。」

「可是我不會娶她們的，您不是答應讓我娶小芸了？」李桓煜生怕太后一高興就亂點鴛鴦譜。

李太后笑道：「小芸也娶，正房也娶。」

李桓煜頓時慌了，驚訝道：「萬萬不可！小芸就是正房，我只要她一人便足矣。」

李太后蹙眉道：「小芸什麼身分？你什麼身分？」

他見太后有些輕視小芸，不情願道：「太后娘娘多慮了，不管什麼身分，屬下都只要小芸一人。」

他言辭客套起來，太后也沈了臉。

王氏見狀暗道不好……

但是李桓煜脾氣也很倔強，硬是沈默不語。

太后盯著他。

「我是為了你好，煜哥兒，你娶個村妞做侯夫人，日後出去如何見人？」

李桓煜繼續不吭聲。

「而且我們李家的嫡子，豈能是個村姑所出？」太后厲聲道。

李桓煜忽地抬起頭，同太后娘娘直視。「娘娘，從始至終，我就不打算要別人，而且我不喜歡女人。」

李太后驚訝地看著他。「胡說八道什麼！」

「我只喜歡小芸，其他女人白給我我都不要。您一定要如此不顧及別人的意願嗎？」

李太后心口一堵，對於李桓煜張口閉口都是李小芸很是不滿，即便是皇上，都不敢當面頂撞她！

王氏見狀急忙打岔。「娘娘，吃藥的時間到了，先休憩片刻吧。小李將軍年少輕狂，給他點時間思考事情輕重，他定會知曉您的所作所為都是為了他好。」

李桓煜也不傻，見氣氛尷尬，猶疑片刻，點了頭道：「是的，孫兒知曉姑祖母都是為了孫兒好。」

李太后見他退讓，心底稍微好受一些。「你去旁屋等我。」

李桓煜哦了一聲，轉身離去。

王氏急忙上前給太后揉著肩膀。「娘娘不氣，煜哥兒才多大，什麼都不懂呢。」

「什麼都不懂？什麼都不懂還這般向著李小芸！妳看我不過是說了句李小芸出身低，他那眼神就透著幾分冷意，連不喜歡女人都說得出來！」

王氏尷尬地咳嗽一聲。「娘娘，小主人確實沒說謊。」

「李小芸不是女人嗎？分明就是氣我的藉口。」

「娘娘，前幾日小主人曾去鎮國公府做客，當時醉了，鎮國公的二兒子就派了女子服侍他；後來煜哥兒半夜醒了，竟將那女子綁起來扔出屋子，很是不留情面。」

「什麼？煜哥兒才多大他們就敢給他塞女人！還敢灌煜哥兒酒！」太后第一反應是鎮國公府好大的膽子。

「這個……」王氏自知失言。「不過煜哥兒沒碰那女子，可見真對其他女子不感興趣；娘娘與其同他較勁，還不如從了他，反正李小芸毫無背景，日後若是小主人改變心意，一切都很好處理。」

「可是同姓不婚，他們都姓李，傳出去不好聽吧。」

「這好辦，隨便給李小芸安個身分還不是娘娘一句話的事？」王氏勸慰著。

「娘娘，您可要清楚如今對咱們來說什麼最重要？是子嗣啊，趕緊讓小主人娶妻生子才是真的。您給他尋個高門之女，身分是有了，可小主人不碰她，不就成了不下蛋的母雞，您要她做甚？」

「讓李小芸撿了個大便宜，我還是不痛快。」

「不痛快就不痛快，李小芸成了小主人的媳婦，還不是要孝敬您？總是有機會出氣的。」

太后著急盼能有曾孫子，不由得有些妥協。

「唉……什麼世道！」太后輕聲抱怨著。「罷了，把那傻孩子給我喚過來吧。」

王氏轉頭去尋李桓煜，提前小聲告訴他——「小李將軍，您和小芸的事成了，不過切記要哄著娘娘，否則奴家就白幫忙了。」

李桓煜聞言立刻拱手道：「謝謝王女官，日後必有重謝。」

「我哪裡承受得起。」王氏急忙謙虛道。

兩人有說有笑地來到太后面前，李桓煜想讓太后高興，主動承認錯誤。「剛才孫兒說話太過衝動，求姑祖母處罰。」

太后望著他像極了兄長的容貌，哪裡會真同他較勁，沒好氣道：「知道錯了就好，你要娶李小芸便娶吧，不過她身分實在太低，我琢磨下該如何是好。」

「謝姑祖母，姑祖母您真是太疼愛孫兒了。」李桓煜整張臉樂開了花。

太后心裡果然舒坦不少，越看他越喜歡。

皇上得知太后這邊的想法，第一時間宣夏樊之進宮。

這幾天他的身體又不好起來，總是咳嗽。

夏樊之聽著皇上說兩句話便咳嗽幾聲，不由得憂心道：「聖上，要不然先休憩吧？對付靖遠侯府的事改日再說。」

「嗯，不過還有件事情要告訴你。」皇上半閉著眼睛疲倦道。

「是。」夏樊之點頭。

「我決定給李桓煜賜婚，對象就是李小芸。」

夏樊之愣住，這身分也太……他沒想到聖上和太后對李桓煜的放縱可以到了這般不顧面子的地步。

先前他還替妹夫家的兒子求娶李小芸呢，此時不由得一身冷汗，幸虧沒成，否則還不成了別人的眼中釘？

「俗話說同姓不婚。雖然大黎祖制並沒有很苛刻的要求，但是讓鎮南侯後人娶李小芸，本身就有些委屈，若還都是同姓，指不定會被怎麼編排，搞不好說朕是故意打壓李桓煜。」

「那麼皇上認為臣子可以做什麼？」

皇上目光複雜地看著夏樊之。「你認了李小芸做義女吧。」

夏樊之忽地心生感動，急忙跪地。「皇上……」

「你為我得罪了太多人，不管未來如何，只有李桓煜這條血脈無須擔憂，你認了李小芸，也算是多條路走。」

「皇上，老奴讓您費心了啊……」夏樊之的聲音中不由得帶著幾分哽咽。他確實忠君，卻曾為了夏家的存活打過小算盤，讓親子背主；但是到了今日，聖上還在想著他，為他尋退路。

「有時候回想起年輕時的事情，好多人都變得陌生，唯獨你還跟著朕。樊之啊……」皇上感嘆著。「這算是朕可以為你做的事情吧。」

「謝……主隆恩。」夏樊之強忍著淚水，行了大禮。

就這樣，李小芸莫名其妙就多了個義父，還是夏樊之，更被要求更名為夏小芸。

李太后認為李小芸只要不姓李便好，至於誰是她義父，她並不在乎；好在夏樊之算是當朝權臣，若是綁在他身上或許也還不錯。

顧三娘子聽後有些不滿，但是考慮到李桓煜如今的身分，也認為這是對李小芸來說最好的結局。

李小芸糊裡糊塗就成了夏樊之的義女，還改了姓氏，入了族譜，過了衙門，真真是大手筆。

第五十六章

後宮，悠然苑內。

李翠娘近來頗為憂心，一直盼望自己能生個男孩就好了，要是生了女孩，豈不是會被聖上冷落？

她思量片刻，目光看向正在收納首飾的李小花。

李小花年輕漂亮，散發著嫵媚氣質，令皇上眼睛一亮，日前便借著酒勁臨幸她，只是皇上醒後，身邊的人已然換成李翠娘。

皇上表面上什麼都沒說，隔了兩日卻又來了。

李翠娘心知肚明，只備好酒菜，讓李小花服侍。

李小花對此極其感激，常對李翠娘說，若沒有她，也會有其他人；但是因為是她，好歹日後兩人可以結盟，共同努力伺候皇上。

李翠娘雖然有些嫉妒聖上對李小花的偏愛，卻也認為她說的沒錯，好歹聖上見到李小花的時候，多少會想起自個兒。

她如今最重要的是把孩子生下來，同時還不能讓聖上忘記她。

她們都是沒有外戚可靠的人，所以不由得想起李旻晟和李小芸，於是便多次派人去請。

李小芸自聽說李翠娘居然把李小花調到她的院子後，便心生疙瘩，故作不知避而不見。直到一日，一名宮女哭喪著臉來尋她。「李女官，求求您快救救我家李貴人吧。」

李小芸疑惑道：「翠娘怎麼了？」

「李貴人肚子痛，尋了大夫卻沒人來，煩請李女官速與我前去坐鎮……」

李小芸咬住下唇道：「我去坐鎮又有何用？不如我讓人去跑一趟太醫院，幫妳們叫位大夫吧。」

「不成啊，李女官，李貴人說了，她這次肚子疼來得蹊蹺，怕是……怕是保不住胎兒；求您一定要去看她，她誰都信不過。」

小宮女哭得肝腸寸斷，李小芸反而躊躇起來。

翠娘啊……她嘆了口氣。「罷了，我去一趟吧。」

李小芸吩咐完事情就隨著小宮女前往悠然苑，來到苑內後發現一切井然有序，並未出現慌亂場景。

李小芸頓時覺得不對勁。「妳騙我？」

小宮女急忙跪地。「李貴人真的肚子疼，她就在屋內呢。」

李小芸也不是對誰都心懷善意之人，懶得搭理她轉身就要走，卻被身後傳來的聲音叫住。

「小芸……」

李翠娘扶著門框。「既然來了，就進來坐坐吧。」

李小芸目光清冷地看著她。「妳為何令宮女騙我至此？翠娘，曾幾何時妳竟變得這般陌生。」

李翠娘挺著肚子，帶著幾分羞愧看向李小芸。

李小芸一身淺粉色長裙，髮髻高盤，揚起的下巴透著幾分高不可攀的氣勢，她身後還跟著兩名小宮女。

李翠娘揚起唇角，訕笑道：「我騙妳是有錯，可是不如此妳會來嗎？妳可還記得曾經的情分？」

李小芸搖頭道：「翠娘，妳可知我為何不來？因妳已利用過我一次，我不過是怕再經歷一次，承受不起妳帶給我的傷害。」

「傷害？」李翠娘嘲諷道：「誰敢傷害妳？」

李小芸皺起眉頭，難怪王女官常常說，有些時候你認為夠對得起他人了，在他人眼裡卻一文不值。

他們看不到你曾經的付出，只在乎收穫是否變少了。

「好吧，妳尋我做甚？」李小芸懶得同她較勁，直言道。

「怎麼，李女官鄙夷得竟是連入屋商談都不樂意嗎？」李翠娘激她。

李小芸淡淡開口。「翠娘，妳想多了，妳懷著身孕，莫要輕易生氣。反正天氣正好，我們就在院子裡說吧。」她吩咐跟著她來的宮女在月亮拱門外等她，自動走向一處石椅，坐了下來。

李翠娘咬住下唇。

「好大的架勢。」

李小芸望著變得尖酸刻薄的李翠娘，除了一聲嘆息，什麼都說不出口，轉身走進屋裡，正和李小花打了個照面。

屋內有張小方桌，上面放著點心和茶水，看樣子是要找她深談嗎？

李小芸在桌前坐下。「直說吧。」

李小花望著她冷漠的眼眸，笑道：「小芸，李桓煜襲爵的事妳應該聽說了吧？」

李小芸點了點頭。「知道。」

「那妳就沒有想過日後該如何嗎？」李小花揚眉道。

李小芸淡笑不語，清澈的目光落在李小花臉上。

李小花莫名紅了下臉。「咳，煜哥兒現在身居高位，若是想娶妳，豈不是很艱難？」

李小芸哦了一聲，看來李翠娘和李小花都知道李桓煜襲爵了，卻不曉得夏樊之認她為乾女兒了；不過這也可以理解，前者在整個京城都不新鮮了，後者卻是低調進行。

太后恨不得真坐實她夏樊之養女的身分，又如何會在此時大肆聲張她和李桓煜的親事？

她倒是不急，慢悠悠地喝了口茶水。

「就這些？」

李翠娘見她一副事不關己的樣子，恨鐵不成鋼道：「小芸，妳到底懂不懂妳如今的處境？」

李小花接話道：「我們都知曉李桓煜待妳情深意重，可他如今是小侯爺，雖然比不得聖上尊貴，怕也會多納妻妾；年輕時尚有兒時情分，但日後其他小妖精上位，或者妳失寵了，又拿什麼在侯府活下去？侯夫人可會放過妳？」

李小芸差點噴出一口茶水。

「妳還有心情笑？」李小花瞇著眼睛。「姊姊是為妳著想呢。」

李小芸揚起唇角冷笑道：「我早說過，妳傷我太深，再無姊妹情誼；況且，若是煜哥兒不娶我做正妻，我為何嫁他？」

李翠娘和李小花都愣住了。

李小芸滿不在乎的態度深深刺傷了李小花的尊嚴。

她放下自尊與李翠娘合作，費盡心思只為得聖上寵幸；可是李小芸呢？有沒有李桓煜都可以過得很好。

曾幾何時，李小芸忽然變成了高不可攀的存在。她幹什麼了，不就是會刺繡嗎？

李小花冷笑道：「妳今日不聽我們勸說，日後總有哭的時候。妳以為依妳的身分可以當侯夫人？太后是看重妳，但最多也只能是妾室而已。」

李小芸誠懇道：「小花，不是所有女人的命運都拴在男人的褲腰帶上的。李桓煜是我帶大的孩子，他若是離不開我，我願意照顧他一生；他若是心有所屬，我也會毫不猶豫離開。我有自己的生活要過，這裡面有他更好，沒他也只能無奈接受。」

「說得好聽，妳又有什麼？咱倆的爹娘是什麼身分我會比妳不清楚嗎？我和翠娘如今好歹蒙受聖恩，而且翠娘懷著龍種呢，若是男孩，那富貴更是從天而降。我們既然沒有背景，就應該好好籌謀。」

李小芸蹙眉道：「小花，妳難道至今都還在作著妃子夢嗎？」

她真有些無法理解李小花的想法了，本以為經歷這麼多坎坷，李小花會變得踏實一些。

「這後宮若說恩寵，有賢妃娘娘；若說權力，有皇后娘娘；若說皇子也有二皇子、五皇子、六皇子。翠娘的孩子是男是女先不說，現在還沒生下來，妳未免想太多了；就算生下來，依靠著當權者過活才是正途，難道還想自己殺出一條血路？」

李小芸扭過頭，看向李翠娘。「妳也這麼想嗎？我以為妳一直是皇后娘娘的人。」

李翠娘咬住下唇。

「賢妃已將我視為眼中釘，我自然要仰仗皇后娘娘；可是我也要為孩子著想，要是個兒子……我怕皇后娘娘未必容得下我。我為了投靠她，已經沒了一個孩子，這孩子我絕對要讓他活下來。」

「皇后娘娘的兩個嫡子都年長了，誰會在乎妳肚子裡的孩子？」

李翠娘哼了一聲。「話雖如此，可是世事無常。聖上當年排行老七，又有誰想過他會繼位？」

李小芸無言道：「正因聖上親娘早逝，太后才會將他養在膝下；但是太后當年無子，如今的歐陽皇后可還有兩個兒子呢！」

「罷了，李小芸，妳不是母親，體會不了我此刻的感受。妳若嫁給李桓煜，定是做不了嫡妻的，日後怕是還要我和小花替妳周旋，不然妳覺得妳能靠著誰？太后喜歡妳不外乎是因為李桓煜的在乎，若是他不在乎了，妳以為妳能過得好？」

李小芸深吸口氣。

「好了，妳們的想法我明白了，但我還是那句話，未來有太多的不確定，我只求對得起良心，若是有違原則，我是絕對不會做的。妳們尋我來此，就是為了講這些嗎？」

「說到底妳就是看不上如今的我們！」李小花怒道：「妳如今過得體面，太后日日召見妳，小侯爺對妳唯命是從，自然聽不進我們的話；但是如妳所說，未來有太多的不確定，妳難道不給自己留後路嗎？」

李小芸苦笑道：「我沒那麼大的心，再說早在我那日跪在郡守門前的時候，就徹底和妳沒關係了。」

李小花一怔。

「那時我太年少，做事情未免思慮不周——」

「好了！」李小芸打斷她，看向李翠娘，由衷道：「翠娘，妳如今懷著身孕，切莫做出得罪貴人的事情。不管有什麼想法，先把孩子生下來再說吧，興許真生下來後，妳就不會這麼想了。」

李小芸雖然對李翠娘有些失望，卻也不希望她下場太慘。

李翠娘見李小芸軟硬不吃，有些生氣。「總有一日妳會哭的。」

李小芸見她不領情，無奈道：「或許我會有哭的那一天，但是即便如此，我也是站著離開，而不是為了個男人就活不下去。」

她淡淡留下句話，轉身離去。

李小花望著她的背影，抱怨道：「翠娘妳看到了吧？人家完全不拿咱們當一回事呢。」

李翠娘咬住下唇。

「好了，都是妳說什麼去找小芸，如今倒是被人家看不起。」

墨香進屋子收拾茶點，聽到李翠娘和李小花爭吵，主動道：「小主，近來宮裡又傳出新鮮事了，還是關於李女官的，她方才沒說嗎？」

李翠娘正在氣頭上，看向墨香的眼光有些不耐煩。

「李小芸什麼都沒說。」李小花顯然更關心李小芸的事。

墨香笑道：「我也是道聽塗說。李女官被夏樊之大人收為養女了，這件事是要告知李家宗族的，奴婢以為您知道呢。」

李小花愣住，兩隻手絞著手帕。「這個小芸……她明明成了夏大人的養女，卻不和咱們明說，剛才我們豈不是……」

李翠娘也紅了臉，太丟人了，簡直像是跳梁小丑，難怪李小芸對此根本沒有興趣！李桓煜可真是疼愛她呢，竟是逼得太后和皇上連這種事情都可以答應！

屋內的氣氛頓時沈默下來，墨香端著托盤離去。

「都是妳，不打聽清楚就讓我去找小芸！」李翠娘怒道。

李小花心裡快嫉妒得發瘋了。

她這裡百般算計才爬上了皇上的床，人家那頭明明出身不好，卻有人幫忙想辦法成了學士之女，侯爺正妻。

憑啥她要如此卑微！

她心底有了主意，便任由李翠娘辱罵。

入夜後，聖上又來了，李小花更加熱情地伺候，動作大膽嫵媚，倒是讓皇上極其盡情，連著兩日都來了李翠娘的悠然苑。

皇上突然經常留宿悠然苑，自然引起其他嬪妃的注意。

歐陽雪全當成笑話聽了，這個李翠娘學東西倒也快，賢妃其他手段沒學會，給聖上塞女子的法子倒是用得好。

她暗示墨香不經意地把這事傳出去，於是賢妃娘娘也得知了李小花的存在。賢妃娘娘對李小花沒什麼感覺，就是憎惡李翠娘；若是在她眼皮下用手段出去的宮女都可以過得好，那麼她日後有何威嚴？

李翠娘？哼，她會讓她徹底記住什麼叫做「打落牙齒也要把委屈嚥進肚子裡」。

李小花用盡萬般花樣伺候皇帝，總算在李翠娘有孕五月的時候，被診出身孕。她心花怒放，面上卻露出幾分悲傷。

「翠娘姊姊，如今我懷孕了，誰來伺候皇上啊？」

李翠娘冷冷地看著她。「妳不是喝藥了？喝了藥還可以懷上？」

皇上本就喜歡李小花，聽聞有喜便封她為常在，還答應她，若是生了立刻封為李嬪。

李小花心裡高興，卻也曉得皇上翻臉不認人的功力，所以特意去查了如何在有孕期間取悅男人的法子，令聖上覺得頗新鮮。

賢妃娘娘聽聞李小花懷孕了，立刻重新劃分了悠然苑的屋子。這院子以前就是兩、三位小主住在一起的，倒也不會太小。

可是李小花以前算是李翠娘的下人而已，如今卻平起平坐，聖上去那邊的次數還多一些，難免令李翠娘心生不快。

她心裡有苦無處訴說，便又想起李小芸，可是此時李小芸已回家待嫁了。

話說李村長收到京城來信，聽說京中有貴人樂意收李小芸為養女，倒是沒有反對。他和妻子本就與李小芸心生隔閡，加上稍後京城前來的官員帶來不少銀子。李村長一看銀子這麼多，二話不說就簽了脫籍文書，從此李家和李小芸再無任何瓜葛，自然嫁娶事宜也不用他管了。

李村長認為自己占了個大便宜——對他來說，小芸都離開家這些年了，他早懶得管她；至於貴人認她為養女的原因，他看在銀子的分上也沒有多問。

直到後來兩人聽聞李桓煜現在成了鎮南侯，這才有了想法。

李桓煜算是他們帶大的，他若是成了鎮南侯，是不是要給他們家一些好處？兩人如此想著，又在鄰里的慫恿下，起了進京的想法。

其實李桓煜和李小芸的婚事被易如意刻意壓了下來。

她太瞭解李村長的貪心了，不拿到脫籍文書，她不放心。

好在一切順利，易如意為了參加來年小芸的婚事，和京城來的人一起上京。

夏樊之之女許配給鎮南侯的旨意很快就下來了。

大家還納悶夏樊之何時多了個女兒，仔細一問才曉得來龍去脈，自然一個個全去恭喜夏大人。

同時下來的旨意還有白若蘭和六皇子的指婚，以及陳諾曦和五皇子的指婚。

京城一片譁然——皇上對五皇子的偏愛竟連遮掩都懶了。眾所周知，陳諾曦是京城第一才女，經常創作新玩意兒，而且十七歲生日那天，陳家後院曾出現過五彩祥雲，好多老百姓都看到了，傳出她乃鳳凰天女之命，未來貴不可言啊。

賢妃娘娘頓時無比得意，更在後宮貴人們面前拿出未來兒媳孝敬來的新玩意兒，顯得兩人多麼親近。

而曾經心儀過陳諾曦的歐陽穆，面對這場指婚居然無動於衷，後來則傳出他欲求娶定國公府三姑娘梁希宜的消息。

考慮到歐陽穆年紀不小，定國公身子又不大好，怕梁希宜守孝耽擱婚事，就訂在兩個月後成親。

一時間京中幾大有前途的單身男子都被訂下婚事了。

李小芸被賜婚後，按照規矩無法再私下同李桓煜見面，而是住進夏家為她準備的新院子，日後從夏家出嫁。

夏樊之有四個兒子，卻沒有女兒，家裡突然多了個女兒，倒也新鮮。最高興的當數夏子軒，因為李蘭終究不放心小芸，跟著來了。

夏子軒和李蘭本就有情，這一段時間相處下來彷彿回到多年前，雖然沒有破鏡重圓，卻不再劍拔弩張。

李小芸對此樂見其成。李蘭若是不和夏子軒在一起，怕是也沒法跟了別人；更何況夏子軒人品不錯，當年若不是太年輕，或許不會弄成如此境地。既然有悔意，為何不成全他們呢？

顧新是要陪著李桓煜迎親的，於是留在了顧家別院，兩個怨念頗深的男人聚在一起；顧新罵夏子軒陰險狡詐，李桓煜卻是想著半年多見不到李小芸，簡直要了他的命。

李桓煜尋了個閒暇日子，傍晚時分就翻牆進了夏樊之的府邸。

他可從未打算真半年不見李小芸呢……

每到月底，李桓煜都要上演一齣半夜來訪的戲碼，所以當紙窗外面出現影子時，李小芸已不再像最初那般戒備。

八成又是她的小不點來胡鬧了。

她遣走丫鬟，打開窗子，輕聲道：「誰？」

李桓煜從樹上跳下來，順著窗緣進了屋子，轉手就攥住李小芸的手腕，往懷裡拉，心急道：「小芸小芸，想我了沒有？」

李小芸沒好氣地看著他，抬起手幫他理了理領口，再把被風吹到臉上的碎髮順到耳後，才開始說話。

「你別來了，被人看到不好，好歹你現在是個侯爺呢。」

「哦，這麼說是不想我了？」李桓煜有些生氣，二話不說攔腰抱起李小芸坐在床邊。

「你個瘋子！」李小芸慌亂道。這小子越來越過分了！

李桓煜輕笑，墨黑色瞳孔清晰映著李小芸的臉，他靠近她，輕聲道：「小芸長了點肉，真好。」

「你又知道了？」

其實李小芸真覺得自己胖了呢。

「我從小便抱妳入睡，妳少沒少肉，我最瞭解。」他說得單純，聽來卻曖昧。

「小芸，給妳。」

他將一把木梳子遞給她，這是他前陣子做好的。

「好看嗎？這玉還是我從南寧帶回來的，當時第一眼就喜歡上了，很配妳那件靛藍色長裙，所以讓人打磨好了，鑲了上去。」

「嗯，好看。」李小芸垂下眼眸，輕聲說。她的睫毛很長，眨著的眼睛一下一下，閃著李桓煜的眼目。

「妳搽了胭脂？」李桓煜探頭聞了聞。

李小芸臉上一熱。「夏夫人給的……說是賢妃娘娘賞賜的，搽上後水洗不掉。」

「啊，那豈不是老貼著臉？小芸，妳什麼都不搽就很好看了。」李桓煜認真道。

「洗得掉，但是得用特殊的皂，夏夫人也給了我一塊。這胭脂和其他的真不一樣，據說又是五皇子妃弄出來的，我很喜歡。」

「妳喜歡？那我去幫妳拿更多……」李桓煜一聽說小芸喜歡，立刻討好道。

「不用啦，女人家的東西你就別攪和了。」李小芸小聲說：「你以為你來夏家無人知曉嗎？那是夏大人懶得管而已，只剩三個多月，你就忍忍嘛。」

「說白了還是要趕我走。」李桓煜有些不開心道：「下個月我可能不過來了。歐陽穆大哥要陪夫人回老家守孝，燦哥兒讓我替他去送大哥。」

歐陽穆迎娶梁希宜不久後，定國公便去了，此事對梁希宜打擊甚大，竟誓言要守孝三年，震驚眾人。

歐陽穆的反應更是出人意料，居然誰都沒知會就去尋皇上請了丁憂，陪妻守孝三年。

李小芸蹙眉道：「燦哥兒不去嗎？」

李桓煜嘆了口氣。「小芸，直到今日我才覺得自己幸運。我喜歡妳，還可以娶了妳，真是夫復何求。」

李小芸臉上一紅。

「好了好了，我知曉了，你別說啦！」

「燦哥兒其實比歐陽大哥先認識嫂子，本還指望歐陽大哥幫他求親呢，沒想到梁希宜成了自己的嫂子，他可難過了。我可不敢想若是娶不到妳我會怎麼辦？」

李小芸悠悠道：「燦哥兒難得喜歡一個女人，竟是他的嫂子。定國公府三姑娘到底有多優秀？連歐陽穆都願意為了她退隱朝堂。」

李桓煜摸了摸她的髮絲。

「傻小芸，在男人眼裡，從來都是情人眼裡出西施的……妳不需要多優秀，我都喜歡。不過妳本來就很笨，我怕我不娶妳，妳會活不下去。」

李小芸一臉無奈，明明是李桓煜離不開她……

「小芸，如果日後妳不想我做官，我就不做官；妳想去哪兒我也陪著妳去。就跟歐陽大哥一樣，我什麼都放得下，真的。誰都不及妳重要，什麼爵位我都可以不要，只要妳陪著我就好。」他輕聲呢喃，情意深重。

李小芸感動得無法言語，輕輕嗯了一聲。

「那麼，小芸，妳親我一下好不好？」李桓煜眨著眼睛，得寸進尺道：「額頭，嗯？」

李小芸羞得跳下他的大腿，扭頭道：「夜深了，你快回去吧。」

李桓煜站起來從背後攬住她。

「不親就算了，讓我抱一會兒。」

他用力吸了吸，鼻尖滿是李小芸身上香香的味道，胸口湧上濃濃的滿足。

「小芸，還有三個多月，妳便是我的人了。」

李小芸身子一僵，腦海裡閃過李蘭送給她的畫冊上的內容，一想到日後要和李桓煜做那種事情，她連想死的心情都有了。但是李蘭說了，不做的話生不了孩子……還說這叫做「人之常情」！

可是實在太難為情了吧？李小芸無地自容地想著。

李桓煜是緊張的，身子微微僵硬起來，他發現自己有感覺了，頓時鬆開手，遠遠躲著李小芸。

他可不敢讓李小芸得知他心底所想，萬一她嫌棄他了怎麼辦？他猛地上前親了她前額一下。

「我先走了，改日再來看妳，記得……想我。」

李小芸望著他遠去的背影，揚起一抹寵溺的笑容。

第五十七章

歐陽穆陪妻子扶靈歸鄉，許多人都來到城門口相送。李桓煜要陪他走到河北境地，才會返京。

歐陽穆走了，靖遠侯府在京中頓時失去強大的助力。

立太子一事又被朝堂重提。

曾經朝中一致推薦的人選是四皇子，但是四皇子死了，按照祖制，嫡長子最佳。如今二皇子是皇后所出，占了嫡子，又是皇子中年歲最長的，做太子似乎順理成章。

可是二皇子性格迂腐，不被聖上所喜；再加上六皇子同靖遠侯府親近，又娶了鎮南侯府後人白若蘭，所以朝堂上隱隱有一股勢力是支持六皇子為太子的。偏偏聖上屬意五皇子，於是另外一股勢力默默誕生。

三股勢力在朝堂上你爭我奪，結果便是使得太子一事懸而未決。

眼看著皇上登基多年，想要留書記史，最後欽點了五皇子修撰《記淮年傳》。如此一來，五皇子在文官間聲譽大漲。

這時，李翠娘八個多月的肚子有了動靜，早產了。

她急忙讓墨香傳喚太醫，太醫來了後卻露出些許躊躇。

墨香急道：「王太醫，是否要立刻接生？」

王太醫猶豫道：「李貴人這一胎不好生啊，她還沒有開指，卻已經破水了。」

墨香覺得蹊蹺，這才八個多月，怎麼就破水了？

賢妃聽說李翠娘要生了，哦了一聲，命人去安排。

李翠娘這一胎生得異常驚險，不知道是誰提的，先破水的孩子不好活，時間長了生不出，就會胎死腹中。

按理說李翠娘生產時不宜聽到這種言辭，但是就有那膽大的宮女故意提及。

孕中的李小花聽到屋子裡那慘絕人寰的叫聲，受不住地跑到賢妃那兒抹眼淚道：「娘娘，您給我換個地方住吧。」

賢妃娘娘扶她起身，出人意料地答應下來。

半夜三更，李翠娘才把孩子生下來，可是那孩子已經沒了氣，臉色鐵青鐵青。李翠娘傻了，眼睜睜地看著一個男孩就這麼沒了，哇的一聲大哭起來。

墨香進來服侍她，憐憫道：「李貴人……」

李翠娘哭道：「李常在呢？」

墨香猶豫道：「被賢妃安置到另外的院子了……說您這裡血腥氣太沖，她又懷了孕，總歸不大吉利。」

「賢妃娘娘倒是疼愛她……」李翠娘扭過頭，看向墨香，討好道：「墨香，皇后娘娘那裡……」

墨香垂下眼眸。

「娘娘說，您為了皇嗣辛苦了，先把身子養好了再說，一切有奴婢侍奉，絕對不會委屈了您。」

李翠娘嗯了一聲，心底卻有些發涼。她死命生下來的孩子居然是個死胎……她想不通，為何會如此！她和李小花都不是京中嬌養的貴女，兩人小時候都忙過家務，身子底子很好，按理說她的孩子不應該胎死腹中的。

她想起李小花在她生產前後的舉止，又加上賢妃護她，頓時心生怨恨，認為李小花肯定是得了賢妃旨意陷害她。

不過如今再做什麼都無濟於事，孩子沒了就是沒了……

她閉上眼睛，淚水從耳邊滑落。

五皇子借著撰書一事招攬了不少門客，同時聚集一些文官。

他本就生得玉樹臨風，立刻有一些文人為他寫詩作詞，宣揚五皇子的好。

頓時，五皇子威望大漲，在靠嘴巴說話的朝堂之上，從軍數年的六皇子自然被他比下去。

偏偏此刻，二皇子突然染病。這病來得蹊蹺，據說是天花，救回後滿臉痲子，害得他不敢出門見客，整個人沒了往日的精神氣。

這對於失去四皇子的皇后娘娘來說，又是一場致命打擊。

可皇后黨也一統到了六皇子身邊，省去不少內鬥的麻煩。

皇上對五皇子撰書一事封賞後下旨，有意立他為太子，這提議經過一番爭論後被擱置；就算不立二皇子，還有嫡出的六皇子呢，如何都輪不到賢妃娘娘的兒子吧。

皇上心生不悅，宣佈若自己不在京中之時，便由五皇子監國。皇后黨再次吃癟，卻沒有激烈反對，就連歐陽家也低調起來。

不知不覺中，到了鎮南侯迎親的日子。

鎮南侯府位於內城最好的地段。這宅子在太后的叮囑下，每年都修葺一次，所以不管是白牆灰瓦，都不見斑駁。

道路另外一邊是翠綠色的草地，草地往西是一池湖水，湖水兩側是三座樓宇。這樓宇是鎮南侯府蓋的望湘亭，用於款待客人用。

李桓煜成親，好兄弟歐陽燦和顧新自然要陪他迎娶新娘子。

他騎著大馬，在眾人簇擁下前往夏家。李桓煜模樣俊秀，一路上惹來不少女子議論紛紛。很多人都無法理解，這麼年輕有為的少年郎，幹麼取個大他三歲的女子？於是紛紛感嘆這英俊的小李將軍竟是被糟蹋了呢。

李桓煜可不這麼想，他作夢都在等這一天。

很多很多年以前，他就想著有朝一日，要騎著大馬帶小芸一起遊街，讓她成為眾人羨慕的女子，再也不受欺負。

李小芸一早被喜娘們喚起身，就開始整理頭髮、搽抹胭脂。

她為了穿新娘服好看，還餓了幾日。

如今上完妝後，望著鏡中的自己有些不好意思，秀麗的模樣多了幾分我見猶憐的嫵媚。

「新娘子好美啊……」

夏樊之的孫子、孫女兒圍著新娘子說吉祥話。

李小芸難為情得不得了。

「前面攔門的人可是安排好了？」

說話的是夏大人的大兒媳婦，李小芸要喚她一聲嫂子。

「大少奶奶放心，小少爺他們都在大門口呢。」話中的小少爺們就是夏樊之的孫子們。

「小少爺們準備了好幾首詩詞呢，要考考這位小李將軍。」有人說笑道。

「考不住吧？小李將軍的義父是淮運二十八年的探花郎，人家可不只是會打仗。」

「哈哈，那可未必。萬一過不去這關，豈不是見不到新娘子了。」

眾人你一言我一語地調侃，李小芸望著窗外明媚的日光，這才意識到，她真的要嫁給煜哥兒了呢。

她想起當年跪在東寧郡郡守府外的窘境，又望著眼前打扮得花枝招展的貴婦人們，一時感慨良多。那些欺她和煜哥兒的人，可曾想到煜哥兒會有成為小侯爺的一日？

莫欺少年窮，說的便是這個道理。

「快關門啊，新郎官都闖過兩關啦！」

此時有丫鬟喊著這句話進來，大家頓時一愣。

大少奶奶命人關上屋門。

「怎麼回事，兩關就這般破了！」

丫鬟尷尬道：「第一關本是浪費了點時間才過的，可是第二關守關的武夫一見歐陽燦少爺那張臉，就兩腿發軟，轉身跑了。」

「笨死了，明知道人家來的都是壯漢，還拿武夫守關！」

「快把新娘子的鞋子藏起來！」有人道。

「看來也只能如此了。」

三少奶奶眨了下眼睛，把李小芸的紅色繡鞋繫在大少奶奶幼女的腰帶上，遠看還以為是掛了個荷包。

「弟妹真是……」

大少奶奶笑了，卻想著如何拖延些時間，總不能就這般輕易地嫁了李小芸，更何況良辰還沒到呢。

李小芸也笑了，想到待會兒煜哥兒就要進屋，整張臉頰好像被火烤了似的，又紅又燙。

李桓煜娶妻心切，再加上所向無敵的豪門迎親團，沒一會兒就闖到了新娘的屋子。

他一進門就傻了眼……花花綠綠的全是女人！

歐陽燦也有些尷尬，身後眾男，尤其是在戰場上建過功的年輕世家子弟，都本能地後退一步……再後退一步。

咳咳……

「新郎官來嘍。」

好在大少奶奶適時地喊了一句，眾女捂嘴淺笑。

也有那張望打量世家子弟的姑娘們，她們平日裡沒機會見外男，今日索性看個夠，還小聲嚼舌根議論紛紛。沒準兒就有看順眼的，回家和爹娘說去。

所以每次成親宴，都是世家子弟和姑娘們最愛參與的喜事。

「新娘子沒鞋走不了，新郎官快給新娘子穿鞋吧！」有人打趣地說。

李桓煜臉上發熱，目光炯炯地盯著遠處坐在椅子上，蓋著紅蓋頭的新娘。

他的小芸，就這般老老實實地等著他，沒有推諉、沒有拒絕，心甘情願地等著他呢。

他的胸口熱烘烘的，往四周一看，便道：「沒鞋子就沒鞋子，我抱著小芸走。」

大家頓時傻眼了，還可以這樣嗎？

這不是有鞋子沒鞋子的問題，這是為了刁難新郎官啊！

李桓煜倒好，完全沒有一點自覺，他當真是鞋子找不到就找不到了呢！

他上前一把抱起李小芸，眉頭微微皺了下，用唯有她可聞的音量道：「怎麼又輕了？」

大少奶奶急忙從女兒身後拿出鞋子，給李小芸套上——新娘子鞋子落在娘家不吉利。

可是不待她說什麼，李桓煜就在一群兄弟的簇擁下抱著媳婦出了門，留下眾女們面面相覷，忽地笑成一團。

這小李將軍可真是著急啊……

李桓煜抱著媳婦一路狂奔，額頭上出了好多汗水，往日裡他常在三更半夜來夏府偷看李小芸，卻從未覺得這條路這般漫長。

李小芸感覺身子一顛一顛的，心跳很快，想著四周定有無數雙眼睛盯著他倆，實在太難為情了。

李桓煜將媳婦放入轎中，十萬火急地吩咐大家歸府。

親事進行到這般他仍覺得不踏實，總是要把媳婦拉入洞房，讓生米煮成熟飯才是。

至於如何煮熟？他倒是沒仔細想過。

李桓煜提前帶著媳婦回到鎮南侯府，他捨不得李小芸自己走，看著門前有火盆，毫不猶豫地抱起媳婦大步邁過去，惹得前來主事的王氏一陣無語。

接著又帶著李小芸進了大堂，待她站好後，親手為她撫平身上的衣角。四周很多人望著這小小的細節，一陣嘆息這小李將軍倒是個心疼媳婦的細心人。

主婚人開始說話，由於李桓煜上無長輩，王氏便領旨暫作李家長輩。太后若不是礙著祖制，早就來看熱鬧了，無奈她屬外嫁女，只能在宮裡揪著心聽人家講述這場面。

李家獨子，終於娶妻。俗話說有苗不愁長，這有了媳婦就不怕沒孩子。

鎮南侯府的管事和嬤嬤們多是太后派來的，更有一些是見證過當年鎮南侯府輝煌的老人，此時看到李桓煜娶親，都忍不住落下了淚水。李桓煜自己則是十分莊重，帶著李小芸走過許多禮數。

酒席開始，新娘回新房等新郎官。

李桓煜生怕他人服侍不周，親自送李小芸回房，然後又囑託管事嬤嬤稍後給新娘子吃點東西，讓小芸好好休憩。

李小芸蓋著蓋頭，聽著他鉅細靡遺的吩咐，只覺得心裡暖暖的。曾幾何時，她的小不點長成大人了，終於可以替她擋風遮雨。

李桓煜被人叫去喝酒，這才捨不得地輕輕抱了下坐在床邊的李小芸。「我去去就回，等我。」

李小芸輕輕嗯了一聲，低語中道盡了新嫁娘的羞澀。

李桓煜不過是聽到她的嗓音，渾身就有些發熱，恨不得把她狠狠揉進懷裡。

「侯爺，前面在招待賓客呢，您至少要露一面吧。」管事嬤嬤上前說道。

李桓煜不情願地鬆開手，轉身離去。

留下來伺候李小芸的是一個姓丁的嬤嬤，還有八個丫鬟。

這八個丫鬟都是夏家為她尋的陪嫁丫頭。其中四名是夏家家生子，另外四名是另外採買的身家乾淨的姑娘。

李小芸為了方便記憶，給她們重新取了名字。

一等丫鬟叫欣榮、欣樂；二等丫鬟叫欣彩、欣悠；三等丫鬟則是欣楠、欣雨、欣雪和欣秋。之所以鍾愛「欣」字，是因為音同為「新」。成親後，又是一個新的開始，她和李桓煜要好好經營人生。

丁嬤嬤揭掉了李小芸的頭蓋。

「夫人好生歇會兒吧，再來就是鬧洞房了；不過咱們侯爺疼夫人，怕是別人沒機會。」

欣榮急忙應聲。

「我在夏家待了這些年，還是頭一次見新郎官這般疼愛新娘子的，毫不遮掩呢。」

是不懂得遮羞吧？李小芸心中羞道。

「夫人可是需要吃點東西？」欣樂端上盤子，遞給李小芸。

欣榮、欣樂，還有欣彩、欣悠都是在夏家便伺候李小芸的，彼此十分相熟。在夏家，不知道多少人給大少奶奶的陪房嬤嬤塞錢，就為了可以服侍李小芸，誰不曉得李小芸是未來的鎮南侯夫人？

鎮南侯上無長輩，李小芸也和爹娘斷了關係，這府上是李小芸一個人說了算！若是在李小芸身邊有臉面，日後必定前途無量。但是她們四個人還是沒想到李小芸對侯爺來說如此重要，光是侯爺看向新娘子的目光，就帶著濃濃的眷戀呢。

李小芸身上出了些汗，道：「給我點水喝……」

她早晨起得太早，此時竟是有些累了。

「再撐一會兒，歐陽燦小將軍在前面給侯爺擋酒，除非是傻子才會往上灌。」

「嗯，誰不曉得太后就怕有人誤了侯爺的親事，派了不少幕僚過來幫忙。」

李小芸忍不住笑了，從迎親到過門，這速度……真是快呀。

傍晚時分，李桓煜一個人回來了。丁嬤嬤有些詫異，往他身後看過去。

李桓煜揮揮手，說：「妳們都撤吧，這裡有我一個人就夠了。」

李小芸本是慌亂地想戴上蓋頭，沒承想李桓煜身後竟是一個人都沒有。

李桓煜一抬頭就對上李小芸黑白分明的眼睛，一下子衝過來坐在她身邊，右手輕輕捏著李小芸的下巴，道：「那些人都被我轟走了。哼，想看我娘子，作夢！」

噗哧……李小芸樂了，不經意間感覺到唇角一濕，某人竟不要臉地舔了她一口。

「咳咳……」丁嬤嬤急忙開始轟人。「欣榮、欣樂，還有欣悠陪我在門口守著，其他人都歇了吧。」

李桓煜一聽，回過身不快道：「我們睡覺，妳們在外頭守著幹甚？」

丁嬤嬤一愣。

「萬一侯爺和夫人需要人伺候……」

「不需要。」

「會需要換水的。」丁嬤嬤小聲道。

李桓煜尷尬地扭過頭。

「我去給小芸換水就是了。」

這……丁嬤嬤看向李小芸，又看向李桓煜，小侯爺到底知道不知道為何需要換水啊？

李小芸臉紅得快成了一顆紫色茄子，她捏了捏李桓煜的手，說：「留個婆子在院子裡守著便是，其他人都回房吧，稍後若是有事，會讓婆子喊妳們。」

夫人如此說，丁嬤嬤自然不敢不從。

李桓煜見所有人都走了，這才踏實下來，脫了鞋上床盤腿坐下，正對著李小芸看了又看。

李小芸沒好氣地掃了他一眼。

「餓嗎？給你點吃的？」

李桓煜搖搖頭，羞澀道：「看著妳就飽了……」

「哦？我竟是那般令人難以下嚥呀？」李小芸調皮道。

李桓煜心頭一熱，鼻尖蹭了蹭李小芸的前額。

「胭脂味太重，我都快聞不出味道了。」

「我剛才還擦了下呢。」李小芸委屈道。

「不過怎樣都好，妳在就好。」李桓煜順勢兩手圈住她的肩膀，側身抱住她，腦袋好像哈巴狗似地枕著她的肩膀，輕聲說：「若是再長點肉就好了，我還是喜歡軟軟的小芸，別人都不會把目光留在妳的身上，只屬於我的小芸。」

他的聲音越來越小，最後李小芸耳邊傳來一陣氣息，竟是某人蹭著她的側臉，吻了起來，一邊輕啄，一邊道：「小芸……小芸……桓煜的小芸……」

「嗯……」李小芸被他喚得渾身發癢，忍不住道：「別碰我耳朵，好癢……」

「啊……」她一躲不要緊，側身倒下，竟被李桓煜壓在身下。

他們緊貼著彼此，李桓煜的睫毛都快碰觸到她的了。

「別眨，討厭……」

李小芸躲不開，便看到李桓煜慢慢低下頭，吻住了她的下巴、脖頸……一路向下。

李桓煜的動作有些許笨拙，卻十分有力度，沒一會兒她的外衣就被褪下，留下單薄的白色褻衣。

李桓煜也脫掉衣裳，拉著她鑽進被子裡。

「小芸，那個……接下來……嗯……」

「嗯？」李小芸裝傻。

這種事情還需要商量嗎？

「妳頭上的簪子重不重，我給妳摘掉……」

李桓煜沒話找話，伸出手就把簪子摘下來。

墨黑色的長髮如瀑布般傾瀉而下，襯托得她白嫩的臉頰嬌羞如花，李桓煜只覺得一股衝動蔓延全身，胸口處快爆炸啦。

出於本能，他一把撲倒了李小芸……腦海裡浮現出燦哥兒和六皇子的話。

「煜哥兒，你知道怎麼生小孩吧？」六皇子很鄭重地問道。

「不就是屁股對著屁股嗎？」燦哥兒搶答。

其實李桓煜心裡是不知道的，不過他故作高深說：「哦，這還不簡單？」

於是李桓煜猶豫了半天，雖然很想面對面望著她入睡，還是忍著莫名的衝動，脫掉褲子，背對著她躺下。

李小芸有些詫異，怎麼剛才還撲在她身上，此刻卻是莫名就背過身去？

而且雖然背對著她，卻把某處貼著她……

咳咳，她有些害羞，但是回想起李蘭教給她的，還是覺得有幾分奇怪。

莫非煜哥兒不好意思了，所以正在醞釀情緒？

李小芸等了好久，咦，怎麼一點動靜都沒有？

她想了下，主動從身後攬住李桓煜的腰間。
李桓煜身上好燙，僵硬無比。
「桓煜……」
「小芸。」
李桓煜轉過身，分外留戀地看著李小芸道：「我們不能抱著睡，否則妳的清白就沒了。」
……
李小芸一陣無語，什麼都不做，沒有落紅她清白才是沒了吧？
李小芸看著他，小聲道：「那個……你會嗎？」
李桓煜臉上一紅，惱道：「妳看不起我！」
「不是……」
她猶豫片刻，琢磨著如何說才不會傷害到煜哥兒的自尊心。
「你不是一直為我守身如玉嗎？難不成……你是會的？」
李桓煜一愣。
「沒有！我真的……沒讓人碰過……」
「所以……」
「但是六皇子和燦哥兒有教我……」

李小芸哦了一聲。

「他們就教你背對著我嗎？那……什麼都不做？」

李桓煜靦覥地點了點頭。

「不然，嗯，小芸……」

李小芸快哭了，還好李蘭有教她，否則該如何是好？

她一咬牙，決定同李桓煜分享自個兒所學，從枕頭下掏出一本畫冊，遞給他。「喏。這個。」

李桓煜以為是什麼，一打開不得了，立刻滿臉通紅，啪地合上，又情不自禁地打開，再啪地合上……恨不得找個地洞鑽進去。

歐陽燦那個混蛋！

此時在外面替煜哥兒招呼賓客的歐陽燦打了個寒顫，他摸了摸鼻頭，看向六皇子。「怎麼突然覺得渾身發冷啊？」

六皇子掃了他一眼。

「莫不是喝多了？」

歐陽燦搖搖頭，隨即想起什麼。

「舅舅，你說煜哥兒知道如何行房嗎？」

六皇子一愣。

「你不是都告訴他了嗎？」

「也對，他應該不至於那麼笨，沒吃過豬肉還沒看過豬走路啊？」

六皇子沒好氣地瞪了他一眼，他這是罵誰呢？不過李桓煜似乎還真沒看過……

第五十八章

李桓煜透過畫冊重新學習了一下後，再次看向李小芸，總算瞭解到體內那無處發洩的火到底是咋回事。

他重新將李小芸攬入懷裡，輕聲說：「其實……」

感覺解釋太多……也顯得無濟於事，他決定用行動來彌補剛才的不足。

李小芸只感覺眼前的男孩忽地變得強硬起來，不管是動作還是力道都十分可怕，她有些無助，又有些說不出來的顫抖，就這般折騰半天，直至半夜三更……

李桓煜初嘗情事，只覺得如何都不夠，他頭一次有種真正得到李小芸的感覺。

難怪男人都愛這事，若對象是李小芸，他也覺得無法自拔。那興奮時候的情不自禁、無法抑制的歡樂，他恨不得將李小芸揉進他的身體裡、血液裡，永遠都不分開。

「芸……」李桓煜的聲音裡帶著黏度，一度趴在李小芸身上不捨得離開，沒一會兒就又想再要她一次。

李小芸忍不住咳嗽一聲。「你別……你先將床上的白布單拿起來，上面有我的……嗯。」

李桓煜充滿眷戀地離開她，往下一看嚇了一跳。「小芸！妳受傷了嗎？」

他慌亂地跳下床。

李小芸羞惱地嘆了口氣。「小聲點。」

「哦。」李桓煜倒是聽話，目光帶著滿滿的憐惜，愧疚道：「妳都流血了，定是很疼，幹麼不和我講？我真是……真是禽獸不如。」

「白癡！」李小芸忍不住罵道。「女孩子第一次都這樣，第二次……就沒有了。」

李桓煜怔了片刻，胸口處因為李小芸所說的第一次而覺得溫暖。

小芸的第一次給了他，他的第一次也給了小芸。

他好像獻寶似地說：「小芸，我也是第一次。」

……

「你不說我也看出來了。」李小芸手扶著腰，剛才還真是挺痛的。

「這白布稍後給丁嬤嬤……」

李桓煜愣住。「不要，我要留著，日後——」

李小芸沒好氣地看向他。「日後如何？給孩兒們看嗎？」

李桓煜臉上一熱，摟住嬌妻。「我不是心疼妳嗎？」

李小芸啐道：「讓婆子去喚丁嬤嬤，給她白布單，證明我的清白；還要換水，我要洗洗……你不洗洗嗎？」

李桓煜咬著下唇，附耳道：「不洗也成，反正都是妳的……」

「討厭！」李小芸羞惱道，這個壞傢伙！

她揚聲叫人，沒一會兒就過來了嬤嬤和丫鬟們。

小侯爺的洞房花燭夜，傻子都知道會幹什麼，她們自然不敢走遠，總是要在門口服侍的，這不，果然就用上人了。

丁嬤嬤接過白布單，心裡笑著想，這東西可要收好了，怕是要讓太后過目。

欣榮和欣樂給李小芸擦洗，她們望著李小芸身上的紫紅色痕跡不由得紅了臉。

李桓煜這才發現小芸白嫩的皮膚都被他揉破了，心裡可不好受，捧著她的胳臂一個勁地親親揉揉，羞得李小芸受不了地叫道：「你遠著點，這裡有丫鬟呢。」

李桓煜這才注意到旁邊兩個大紅臉的丫鬟。「妳們下去吧，我來給小芸梳洗。」

「這……」欣榮不知所措地看向丁嬤嬤。

李桓煜不悅道：「滾，難道不聽我的話嗎？」

丁嬤嬤沒想到李桓煜會發怒，急忙帶著人撤了下去。

李桓煜不高興地脫掉衣服，二話不說進了木桶，李小芸搖了搖頭，這才是他的目的吧？

他沈聲道：「那兩個人盯著妳的身子看來看去，簡直煩人透頂，夏家的人嗎？送回去吧。」

李小芸無奈道：「你送走她們，還會有別人的。」

「我來伺候妳啊……以前小時候，我們倆不也挺好的？也沒聽誰說必須要有人伺候。」

李小芸搖搖頭，摸了摸他的臉龐。「傻瓜，今非昔比，我都曉得這種意氣用事的話不能說……」

她的話尚未說完，就被李桓煜用嘴堵住。

夜色漸深，屋內卻是春光一片。

次日清晨，李小芸在一陣鳥叫聲音中清醒，她眨了眨眼睛，感覺到一束刺眼的陽光傾灑下來，十分明亮。看起來，時辰都快過晌午了吧？

李小芸推了推胳臂橫掛在自己胸前的李桓煜。「煜哥兒，醒醒。」

李桓煜慵懶地嗯了一聲，睜開眼睛，眨了眨，望著李小芸笑了。「小芸，早。」

「什麼早，我看像是中午了。」李小芸也笑了，露出嬌豔的容顏，讓李桓煜看得出神。

「我們再睡一會兒吧，反正沒長輩可以請安，更無親戚可認。」李桓煜不甚在意道，整個人像是八爪章魚似地纏在李小芸身上。

李小芸被他弄得渾身軟綿綿的，推了推他。「別這樣，傳出去不好聽。」

「誰敢說半句不好？」李桓煜挑眉，他現在算是明白了，人善被人欺，他就要做跋扈小侯爺，誰也別想惦記他媳婦一根汗毛，否則他就以命相搏。

李小芸望著他趾高氣揚的表情，寵溺地掐了他臉頰一下。

李桓煜回過身掐她，兩個人笑做一團。

「夫人醒了嗎？」一道女聲在屋外響起。

李桓煜皺起眉頭，抱怨道：「瞧瞧，這就是有丫鬟的壞處，幹什麼都有雙眼睛在背後盯著。」

李小芸沒好氣道：「那又如何？乾脆把我四個丫鬟都撤了，換成四個少年郎可好？」

「休想！」李桓煜故意瞪她，張嘴在她肩膀上咬了一口。「妳眼裡只能有我一人，誰都不許看！」

李桓煜和李小芸成了親，對於太后來說，另外一項任務便要加緊準備。

於是她囑託聖上給李桓煜放假，這才有利於曾孫的誕生。

丁嬤嬤將證明新娘子清白的白布單送入後宮，太后看了後非常滿意。

她如今就算再不滿李小芸的出身，也抵不過抱曾孫心切。眼看著李桓煜和李小芸成功洞房，她竟是比誰都興奮。

太后是過來人，不會為了讓李桓煜開枝散葉就在這種時候塞美女給他，而是放了兩位懂得調養女子身體的女官出了宮，專門指導李小芸日常生活，讓她過上有益懷孕的日子。

李小芸對此倒不是很排斥。

她有時候想想，太后也是個可憐人呢。本是人生最風光的時候竟遭受全家滅亡的打擊，這世上又有什麼比這更慘呢？

況且太后是真疼李桓煜，雖然待自個兒不怎樣，但是最終仍允許他倆的婚事，可見已是經過極大的妥協了。

再者，李小芸也認為自己該給桓煜生孩子……否則他整日纏著她不做正事真讓人憂愁。

李小芸最大的優點就是，當她發現人生的路身不由己的時候，就會自我開導尋找快樂，然後努力往前跑，過好屬於自個兒的日子。她一直是個很懂得生活的明白人，不貪心、不奢求，抓住自己的小幸福，努力去愛值得她疼愛的小桓煜。

李桓煜反倒覺得要孩子也要得太早了，尤其他聽聞女人有了孩子後就會把注意力都轉向孩子……

那麼，小芸的最愛豈不是就不是他了？

這真是一件非常可怕的事情，他甚至去偷偷打聽是否有避免受孕的法子。

又到了新年時節，李小芸進宮給貴人們道賀。如今她身分今非昔比，儼然是太后面前第一人。太后見她婚後聽話調養身體，又心疼李桓煜，便把早先不待見她的理由都拋在腦後。

她瞧著越發豐腴的李小芸，叮囑道：「許氏說妳現在身體正好呢。」

許氏是給李小芸調養身體的女官。這話的意思就是——晚上要多加努力了。

「煜哥兒年輕氣盛，妳要多管著點他。」這話的意思就是——他可能不懂，妳要主動一些，切莫耽誤計劃。

李小芸點頭稱是，心裡覺得太后也挺可愛的。

她和太后說完話，去了趟皇后娘娘的寢宮，路途中遇到了賢妃娘娘。站在賢妃娘娘身邊的是李小花，她生了一個男孩，此時正值得意的時候。

李小花望著李小芸頭上獨一無二的簪子，眼底流露出幾分嫉妒的神色。世人都道，小李將軍成親後便疏於公務，竟是做起了木匠活兒，只為了把侯夫人裝點得美人如花。

這支簪子的木材是貢品，鑲的玉更是西涼國紅玉，李桓煜求了太后娘娘得來後親手打造的。

鎮南侯和侯夫人恩愛有加的故事早就成了京城百姓茶餘飯後的閒話家常，還說他們是青梅竹馬、兩小無猜。可是她李小花難道就不是李桓煜的青梅竹馬嗎？

賢妃娘娘聽聞李小芸是要去給皇后娘娘拜年，不由得有幾分心涼。如今五皇子正值勢頭旺盛，皇后的寢宮和冷宮差不離，聖上好幾個月不曾去了。

李桓煜的義父李邵和雖然不住在侯府，好歹明面上是賢妃娘娘父親的人，近來也沒少為五皇子說話撐腰。

如今倒好，李邵和的兒媳婦竟是一點都不親近她？

賢妃轉身離開前，悠悠道：「李嬪，妳和李小芸是親姊妹吧，不如留下和她說一會兒話。」

李小芸有些無語，卻不好打了賢妃娘娘的臉面。

李小花生了皇子，巴不得在李小芸面前炫耀一番。

其實李小芸婚後實在是太忙了，所以根本沒關注李小花生子的事情。

看在李小花的眼裡，就認為她如今在為子嗣發愁，定是心裡嫉妒，所以才故作不知。

李小芸垂下眼眸，想起什麼道：「小花，妳可知道爹娘要來京城？」這還是李旻晟告知她的。

就因為李旻晟寫了封信給她，李桓煜恨不得三天不上朝，在家躺著說心口痛，氣得她沒轍，只好發誓再也不同李旻晟有聯繫。

李小花蹙眉道：「啊，他們來京城幹什麼？是妳去接他們的？」

李小芸一怔，笑道：「小花，他們已經不再是我的爹娘了，我想，他們可能是來尋妳的。聽說大哥、二哥都生了孩子，爹娘兒孫滿堂，怕是日子過得緊迫，得知妳頗受聖恩，便來投靠吧。」

她言語中帶著幾分淡淡的隨意，聽在李小花耳裡卻是濃濃的諷刺。

「哼……我如今生了皇子，必然是不能再同他們相見了，而且賢妃娘娘許我認她堂弟做義父。」

李小芸愣住，她之所以會認夏樊之做義父，不過是為了嫁給李桓煜時好看一些，李小花連這個都要仿效嗎？

李小花見她沒有羨慕的神色，忍不住道：「對了，妳來看看小外甥吧。」

李小芸淡淡地搖了搖頭。「不了，我如今同李家沒有關係，更不曾有什麼外甥。」

李小花冷哼一聲，好像很關心她似地說道：「妳可要好好調理身子，莫不是小時候那場病，如今不易懷孕了？」

這話說得嚴重，在後宮裡明言，很容易傳到太后耳裡。

李小芸深深地嘆了口氣。

「小花，妳沒必要這般對我。我不管是否有孩子，都有愛我的夫君，從不需要用子嗣來留住煜哥兒的心。男人嘛，他心在妳身上，滿眼就是妳；心不在了，強留又有何意義？」

「瞧這話說的，又是想扔下我不成？」

一道明朗的男聲從背後響起，李小芸莫名就紅了臉。

她回過頭。「怎麼這麼快就過來了？」

「放心不下妳嘛。」

李桓煜大步走過來，英俊的容顏讓很多小宮女都紅了臉。

但是他眼底只有妻子一個人，兩隻手攥住她的，蹙眉道：「吹風了吧，手這麼涼。」

「沒事。」

李桓煜不耐煩地看向李小花，冷冷道：「李嬪妳身子骨兒強壯可以站在外面，我家媳婦可比不上。妳說的對，小芸小時候是生過病，所以身子才更加矜貴。」

說完便脫掉身上的大氅，披在李小芸身上。「下次再和無關人等在外面吹冷風說話，看我不回去……」

「嗯？」李小芸挑眉道。

李桓煜大手一攬，將她擁入懷裡。「笨蛋，凍著自個兒還要我心疼……」

他不顧四周都是人，低下頭蹭了蹭妻子髮絲。「站了那麼久，還走得動嗎？我抱妳回去。」

「快別鬧了。」李小芸嬌羞，臉上滿滿的都是幸福。

她沒有告知外人，其實這個月她的月事晚了兩日。

若是明、後天還沒動靜，怕是就有好消息了。但是關注她肚子的人太多了，她不敢輕易說出去。

李小花心口一疼，有一股怨氣浮上心頭。

「娘娘、娘娘！不好啦！」小宮女從遠處跑來。「李翠娘從冷宮裡跑出來了，還抱著小皇子跳湖！」

李小花臉色唰地白了下來，轉身就跑向自個兒的院子。

李翠娘自從生下死胎後就變了個人，疑神疑鬼，天天說是別人害死了她的兒子。

後來李小花被賢妃娘娘看顧後，更認為是李小花為了討好賢妃，害了她的孩子，所以一天到晚詛咒她。

眾人見她神志不清，皇上也厭棄了她，便將她送往冷宮。

李小芸望著驚慌失措跑掉的李小花，忽地不知道該說些什麼，良久才道：「翠娘什麼時候……去的冷宮？」
李桓煜從身後攬她入懷，輕聲道：「年前的事。她接連沒了兩個孩子，第一個還是自個兒害死的，便認為第二個孩子死後定會惡靈纏身，總是絮絮叨叨……她本就得罪過賢妃，送冷宮是必然的結果。」
「唉……」李小芸忽地眼眶發酸。「煜哥兒，你還記得嗎？當年我和翠娘和師父在屋裡學習刺繡，你和新哥兒在院子裡掏雞窩……怎麼如今竟是這樣的景況？」
「世事無常吧。」
李桓煜輕聲感嘆，唇角忍不住滑過李小芸的髮絲。「還好妳還在我身邊，小芸、小芸，我的小芸……千萬不要離開我，否則我真的活不下去。我們不管其他人，就自個兒好好的……」
李小芸心底一暖，輕聲說：「嗯。」
經歷了這麼多，她的性子早就變得沈靜如水。很多小時候以為會在乎的東西全變成了隨風而去的往事，或者，這便是太后娘娘常常提點她的，「成熟」兩字。
晚宴的時候，李小芸聽到其他人閒聊，說到李小花的孩子死了，李翠娘卻是救了回來。李小花心底絕望，拿起桌子上的剪刀就衝著李翠娘刺了過去……
李小芸一陣反胃，把剛吃進肚子的食物全吐了出去，嚇了眾人一跳。
太后卻眼睛一亮，欣喜道：「去宣太醫過來給鎮南侯夫人看看！」

李小芸實在無語，她不過是聽到血腥事才吐的。無奈宮裡關注她肚子的人實在太多了，沒一會兒陪太醫過來的還有鎮南侯。

此頓雖然是團圓宴，但是女眷都在太后這兒用膳，聖上和大臣官員在其他地方宴會。

李桓煜聽聞太后給妻子叫了太醫，頓時如坐針氈，聖上便許他離開了。

一大群鶯鶯燕燕中，站著一個李桓煜，他比太醫還著急，恨不得趴到李小芸的肚子上看看到底是怎麼回事。

太后不忍直視姪孫兒沒骨氣的樣子，皺了下眉頭。

李小芸見狀，急忙拍了下李桓煜，李桓煜倒也習慣了，二話不說過去給太后磕了頭，祝福姑祖母新年萬事大吉。

太后頓時心花怒放，讓李桓煜坐上來說話。

沒一會兒太醫皺了下眉頭，太后藉口乏了趕走眾人，一場晚宴就這般結束。

太后笑道：「妳們樂意玩鬧的就去皇后那裡擾她好了，或者賢妃那兒也成。」

望著眾人離去，太后急忙令太醫直言。

太醫道：「侯夫人這脈象像是有喜了，可是侯夫人說一個月前才來過月事，這也就是晚了幾日而已，卑職不敢妄言，可能是日子尚淺，喜脈不大明顯。」

太后一張褶皺的臉笑得停不下來。「哎喲……賞！」

王氏也感觸良多，李家這是即將有後呀！

李桓煜卻皺起眉頭，絲毫沒有一點喜色。

他走向小芸，輕聲道：「日子這麼淺，妳就嘔吐成這樣，日後怎麼辦？」

「咳咳……」李小芸捏了捏他的手心，安撫道：「傻瓜，我沒事的，不過是剛才聽人說起李翠娘，有些難過罷了。」

「這群愛嚼舌根的婦人！平白鬧了妳的胃口……我本是不想和妳提的。」

「翠娘她……」李小芸問道。

「死了。李小花是真狠呢，連捅了好幾下，遍地的血……」

李小芸一陣反胃，又要吐出來，李桓煜慌亂地伸手去接，弄了一手。他也不嫌棄髒，急忙扶著嬌妻，抱怨道：「姑祖母，這可怎麼辦啊？小芸又吐了。」

李太后望著他髒兮兮流著湯水的手，嫌惡道：「快去洗洗你的手，別髒了小芸身子！」

李桓煜蹙眉望著妻子，眼底滿是擔心。「早知如此，還是應該讓妳養好再懷孕。」

王氏急忙插嘴道：「侯爺有所不知，孕期間女人鬧得越厲害，說明孩子越結實。」

什麼歪理……李桓煜不置可否。

王氏還沒有說的是，大家都說兒子鬧騰、女兒不鬧啊，鬧騰得越厲害，怕是太后越笑不攏嘴。沒聽說哪個婆家人不希望兒媳婦頭胎是男孩的，更何況是他們這種絕了嗣的人家。

李小芸當晚便被留在宮裡，太后說了，頭三個月最為關鍵，不允許李小芸歸家。

這可苦壞了李桓煜，李小芸不回家，他怎麼睡覺啊？

為了避免無事可做，胡思亂想，他捲鋪蓋投奔了歐陽燦，賴在靖遠侯府在京城的宅子裡。

太后本有想過是否應該賜個女孩服侍李桓煜，沒想到他竟離家出走了，這樣她反倒不好亂給他塞人了。

李小芸身孕滿三個月便回了府邸，李桓煜也急急搬回去。

李小花因為捅死了李翠娘，被判下了大獄。

原本來京城尋富貴的李村長夫妻聽聞女兒遭逢牢獄之災，頓時傻眼。

不是說他們家小花生了皇子嗎？

兩人走投無路時，從李銘順那裡得知李小芸如今是鎮南侯府夫人。他們還納悶怎麼京城有貴人樂意認下李小芸當義女呢，原來竟是有這樣一層關係。

李村長頓覺受騙，暗罵李小芸不孝順；可惜他們已經走了官府文書斷了關係，就算去官府告狀女兒不孝也告不來。

但是為了救出李小花，夫妻倆仍來到了鎮南侯府。

李桓煜好歹是在他們家長大的，怎麼可以眼見著李小花落難卻不救呢？

夫妻倆堵在鎮南侯府大門口，見李桓煜駕馬歸來，便理所當然地攔住他的去路。「煜哥兒啊，你們家門衛不讓我們進去。」

李桓煜跳下馬，愣了片刻，好久才看出來是李小芸的親生爹娘。他本就對他們厭惡至深，不過是看在李小芸的面子上才沒令人驅趕。「小芸懷著身孕呢，家裡謝絕任何來客。」

「客？我們哪裡是客人呢。說到底煜哥兒，我們還是你的岳父母呢。」夏春妮訕笑道。

「你還得叫我一聲爹呢。」李村長揚起下巴道。

李桓煜哦了一聲。「大膽賊人！竟敢亂認親戚，擾亂治安。我岳父是大學士夏樊之，你們又算是誰？給我轟走！」

他本想客客氣氣地送走他們，誰曉得這兩個人真真是不要臉，索性來硬的再說。

李桓煜大手一揮，揚長而去，他著急見媳婦，哪裡有時間理會這兩人。

他吩咐管事道：「不許讓夫人知曉外面的事情，省得擾了夫人清靜。」

李小芸這一胎懷得辛苦，幾個月下來非但沒胖，還瘦了幾斤，落入李桓煜眼裡便是——這肚子裡的小兔崽子真是造孽！等生下來，他絕對不輕饒！

李小芸正吃著梅子，見夫君歸來，迎上前道：「聽人說你近來甚是勤勉。」

李桓煜斜眼看她，一把將她攔腰抱起，走向床頭坐下。「本是去燦哥兒那裡混吃混喝，沒想到被當成苦力幹活。」

李小芸知曉他此舉用意。「難為了我不在的日子裡，不停上門的賓客們吧。」

「閉著眼睛都知道他們打著什麼意圖。小芸，我乖不乖？」李桓煜立刻討好地把嘴巴湊上來，期待著被臨幸。

李小芸啪的一聲拍了下他的臉蛋。「那麼大人了，不要臉。」

李桓煜瞇著眼睛，威脅道：「怎麼？懷了小的就不要老的啦？」

「瞧你那樣子……」李小芸一邊說著，卻乘其不備親了他唇角一口，格格笑出聲。

兩個人鬧了一陣子，李小芸問起李小花的事情。

「畢竟是伺候過皇上的人，就在牢裡待一輩子吧……」

李小芸嘆了口氣。「我爹娘為了她來過府上幾次。」

李桓煜大驚。「妳……」

「我沒見，不代表我不知道……其實他們不能說是壞到極致的爹娘，只是把愛都給了小花。有時候我很慶幸，正因為沒有擁有過，所以才會對得到的極其珍惜；如你……煜哥兒，我……好喜歡你呢。」

李桓煜整個人愣住，一股莫大的喜悅蔓延全身，這還是李小芸第一次親口對他表白呢。

「知道這世上只有我待妳好就夠了……傻瓜小芸。」李桓煜輕聲呢喃。「好開心呢，小芸，我好開心呢。」

「笨蛋……」李小芸望著手足無措、嘴巴恨不得咧到耳朵的李桓煜，發自內心輕聲道。「你才是傻瓜，才會喜歡那麼胖的我……也正因為你的喜歡，我才沒有自暴自棄。」

這世上，只要有一個人在乎你，你都要好好地活下去。

不為了其他，只為了這分心意。你無法被所有人喜歡，只要在乎的人愛你便已然足夠。
李桓煜為了她殺人參軍，她便為他遠走京城。
她是李桓煜奮鬥下去的動力，他又何嘗不是她最珍貴的人兒呢？
李小芸晃悠著頭，蹭著李桓煜溫暖的懷抱，他們的手緊緊相握，放在李小芸的肚子上。
她眯著眼睛望向窗外明亮的天空。
一抹暖陽傾灑而下，將淡淺灰色的青石板路照得忽明忽暗。
即便是一旁枯黃的野草，也在努力尋找陽光，或許會在不為人知的角落，綻放著屬於它的光芒。

寧靜的小山村被朝霞籠罩。
天空盡頭的餘白衝破雲層，彷彿碎金傾灑在孩童們身上，泛著耀眼的明亮。
一個衣衫襤褸的小女孩被遠處的孩童扔著石子辱罵調侃。
她不卑不亢地站起身，撫平滿是褶縐的衣裳，朝旁邊同樣落魄不堪的男孩道：「快趕路吧，還愣著幹麼？」
那男孩擦了把鼻涕。「他們罵妳，妳都無所謂嗎？」
女孩沒好氣地戳了下他的前額。
「狗要咬你，你還要咬回去嗎？」

男孩懵懂地看著眼睛黑不溜丟的女孩，只覺得她柔弱的背脊很是筆直，白色的牙齒泛著溫暖的光……

另外的故事在繼續著，愛也在延續著。

——全書完

番外〈情深意重〉

（一）

四年後

入冬，大雪紛飛，幾匹飛馳的快馬行色匆匆地來到城門前，一名藍衣男子從懷裡拿出一個竹子製作的圓筒，手往下一拉，一縷明豔的煙火竄入夜空。

這是供大黎軍中所用的信號炮筒，極其珍貴，若非大事發生不得擅自使用。

咚咚咚，三聲。

轟隆……城門大開，一隊人馬迎了出來。

為首者身穿銀色盔甲軍裝，他乾淨俐落地跳下馬朝城外馬匹上的人屈膝跪地道：「六皇子已經主持宮中大局，侯爺來的真是及時。」

原來這高頭大馬上的藍衣男子正是大名鼎鼎的靖遠侯府長孫歐陽穆，如今的遠征侯。

歐陽穆點了點頭。「嗯，鎮國公李氏可有什麼動靜？」

「九門提督李大人帶領兩隊人馬將鎮國公府圍得水泄不通，想必鎮國公就算知道什麼也無濟於事。」

歐陽穆皺了下眉頭，冷笑道：「這位李大人反叛倒是極快的，還弄得動靜不小。」

那為首的侍衛乾笑一聲，說：「一朝天子一朝臣，畢竟朝中重臣多數是在五皇子和二皇子之間尋找新主，沒承想如今主持大局的竟是六皇子。」

「倒也罷了。我的人在郊外駐營，我們先入宮吧。」

「遵命。」

歐陽穆快馬加鞭從西門入宮，直奔平日裡聖上主持要事的殿堂。此時殿堂內只有歐陽雪和太后娘娘。

太后主持大局，宣大太監入內寫皇上駆逝的詔書後又交代一番，抹了下眼淚，看向皇后娘娘道：「一切就先這麼辦了吧，剩下的交給禮部那群人，此時不用他們，何時來用？」

「娘娘說的是。」歐陽雪恭敬道。

「我也累了，其他嬪妃雖然尚未入殿，但是近半年來聖上身體一直不大好，她們一個個心裡跟明鏡似的，到底發生了什麼興許已經知曉。畢竟都是伺候過皇帝的，總歸是留些體面才是，皇后懂我的意思吧？」

歐陽雪垂下眼眸，輕聲說：「知曉的。」

「既然如此，我便休息去了，熙兒那丫頭還在屋裡等我。說來也怪，我明明是更疼小孫兒，怎麼最後竟是熙兒離不了我，也不愛去找她娘，就黏在我這裡真是怪累人的。」

太后嘴巴上一副不情願的樣子，眉眼卻帶著幾分得意的笑意。

歐陽雪唇角一撇，恭維道：「隔輩親，熙兒是個懂事的。」

「嗯嗯，那丫頭昨日被我送回東合宮休憩，大半夜的就爬到我床上，這會兒八成還賴著不肯獨睡，我便先回去了。」

歐陽雪急忙稱是，送走太后娘娘。

歐陽穆同歐陽雪請安後，四處張望。「怎麼不見六皇子？」

「他在聖上床邊跪著，稍後還有官員會入宮，總是要把孝道做盡。」

歐陽穆點了下頭。「日後便是皇子殿下的即位大典，看太后娘娘的樣子是不打算插手，到時候姑奶奶又要辛苦了。」

歐陽雪挑眉看向他。「少來，你這話是什麼意思？難不成此次不準備在京中待上一段時日？據我所知，小六可是念叨你挺長時間了，還說此次讓你回京後就不打算放你回漠北了。」

歐陽穆心裡咯噔一下，直言道：「希宜前陣子剛生了老二，還在老家……」

「哼，你們一個個是怎麼了？鎮南侯爺如今也是個癡情種，恨不得把他那胖媳婦寵上天，是京城中出了名的怕老婆；小六自打娶了若蘭以後，我瞅著也無納妾之心，可他是未來的皇帝啊，若蘭進門幾年，尚無所出，不是個好兆頭。」

「姑奶奶！」歐陽穆急忙提醒。「太后尚在，在白若蘭這件事情上，我認為姑奶奶還是順其自然比較好。」

歐陽雪厭煩地嗯了一聲。「我自然知道那個老狐狸活著一日，我便無法插手小六的婚事，但是她能熬得過咱家春姊兒嗎？」

歐陽穆心裡咯噔一聲，春姊兒是他弟弟歐陽岑的長女，歐陽家下一代的嫡長孫女兒，因為生在元月初一，許多人都說是真鳳命，也難怪皇后娘娘會這麼說。按他的意思，是捨不得姪女兒進宮做皇帝的女人，但是歐陽家功高震主，著實不能沒有後手。

「罷了，我同你講不過是希望你多勸著小六，他畢竟歲數尚小，年輕氣盛呢。」

歐陽穆垂下眼眸，恭敬道：「明白。」

歐陽雪揮揮手，便進內宮忙活了。

歐陽穆望著窗外無盡的夜色，輕輕嘆了口氣。

變天了，怕是京城裡誰家都是徹夜難眠。

除了鎮南侯李桓煜，睡得特別安穩。

一輛宮裡的馬車尚在鎮南侯府外候著，大堂裡，太后娘娘身邊的王太監卻是不敢輕易坐下喝茶，客氣道：「這位姊姊，小人不過是給太后娘娘捎話，若是侯爺入睡了，還煩勞姊姊幫忙通報一下即可，只要侯爺有話，小人回宮也好交差。」

欣榮客氣回道：「王公公什麼話，娘娘傳話侯爺自當是要起來的，我們夫人在給侯爺更衣，稍後便出來接旨。」

王太監乾笑一聲。「也無什麼懿旨，不過是娘娘掛心侯爺，讓小人先把話捎來。」

其實皇上駕崩了，這話也不好同丫鬟直言，但是一想到稍後要面對鎮南侯的黑臉，王太監就有些心煩。

「夫人讓王大人來偏堂說話。」此時一名小丫鬟上前來報。

王太監聽到此處，心裡踏實下來。

總比回去說連侯爺夫人面都沒見到好吧？太后護短，就算心生不滿，也不會怪到侯爺身上，只會說下人辦事不力。

偏堂內，李小芸梳妝完畢，望向一臉不耐煩的夫君，安撫道：「桓煜，這般時候太后娘娘派人過來定是大事，豈能說不見就不見呢？你也曉得聖上病了挺長時間，怕是……」

「知道了。」李桓煜打斷妻子的話，一雙明眸定定地看著李小芸，伸出手擦了下她的唇角。「我是心疼妳嘛，還要起來收拾自己，妳明明是最厭煩裝扮的。」

李小芸臉上一紅。「誰家像你如此蠻橫地對待宮中來人？那是天子門面，偏你仗著娘娘疼愛為所欲為。」

李桓煜右手攥住妻子小手，黑著臉，不情願道：「難得熙兒進宮折騰娘娘去了，我才可以好好同妳溫存一下；這倒好，還沒開始呢卻說宮裡來人。」

李小芸臉頰發熱，瞥了一眼低頭站在旁邊尷尬的丫鬟。「妳先出去，順便吩咐廚房備茶待客。」

「奴婢遵命。」小丫鬟急忙跑出去。

小丫鬟前腳剛走，李桓煜就像毛毛蟲似地黏過來。

「小芸，澤哥兒都半歲了，妳也該放手了吧？如今北方這般冷，咱們下個月南下吧。」

李小芸沒好氣地推開他。「老夫老妻了，怎麼總是動手動腳？稍後王大人進來，你規矩一些。若是聖上真這麼去了，六皇子正是用人之際，你哪能說走就走？」

李桓煜眉頭一皺。「自打當年進京，我就想帶妳離開這是非之地。起初是熙姊兒出生，後來又說聖上龍體微恙，我需要幫襯六皇子殿下才留下；如今眼看殿下就要登基了，妳又勸著我留下來。」

李小芸嘆了口氣，她何嘗不想和李桓煜雙宿雙飛，但是他是太后娘家唯一的子嗣，太后娘娘扶植六皇子登基，又把白若蘭嫁給六皇子，哪裡能輕易放他們退出朝堂？如今當年效力於鎮南侯的下屬們都來投靠，李桓煜的所作所為，並不是僅僅代表李家。

李太后控制不了李桓煜，便總是來找她聊天，三言兩語叮囑下來，兩個人自從成親後，竟是沒有離開過京城一步。

興許是李家的特殊遺傳，她頭胎生了一對龍鳳胎，女孩命名李雨熙，男孩叫做李玉念。第二胎是男孩，叫做李玉澤。

後來，聖上龍體一日不如一日，二皇子和五皇子爭寵鬧了個兩敗俱傷，最後反倒是六皇子代理監國。

若是聖上去了，六皇子登基，李桓煜的親姊姊白若蘭，豈不是成了未來的皇后？那麼李桓煜不就又多了個國舅爺的名頭？

李小芸有些發愁，如今她身為侯夫人就覺得快忙暈了，再成為國舅夫人……

「夫人，王大人來了。」小丫鬟帶著王太監進來。

李小芸點了下頭，王太監恭敬地行了禮，朝李桓煜道：「啟稟侯爺，聖上已於酉時駕崩。」

李桓煜淡淡地哦了一聲。「就是傳個話嗎？」

王太監乾笑一聲，看向李小芸。「六殿下還宣小侯爺進宮……」

李桓煜撇了下唇角，就曉得六殿下不會放過他。

李小芸怕他牛脾氣上來讓人誤會，急忙替他應承下來。「王公公辛苦了，這大半夜的，來人，賜賞。」

王太監急忙道：「此乃公事，怎敢收夫人賞賜。」

李小芸沒有多說什麼，拉了拉李桓煜的袖子，輕聲道：「如今六殿下就要做皇上了，俗話說伴君如伴虎，你可不能像以前般沒大沒小。」

李桓煜冷哼一聲，望著小芸擔憂的眉眼，心裡知道她也是掛心於他，胸口一暖。他俯下頭，輕輕地啄了下她的額頭。「我曉得，為了讓妳能安心，我絕不去惹禍。」

李小芸滿臉通紅，王太監尷尬地撇開頭，心裡暗道，聽聞鎮南侯和侯夫人從小一起長大，這情分果然不同於一般人呀。

「在家等我。」李桓煜叮囑再三後，方依依不捨地和王太監入宮。

李小芸回到房內，如何都睡不著覺，便拿起針線繡活。

欣榮進來看到，便說：「夫人，半夜繡東西對眼睛不好呢，若是被侯爺看到又要嘮叨了。」

李小芸嗯了一聲。「什麼時辰了？」

「丑時快過了。夫人，您休息下吧，恐怕今晚侯爺是回不來的。」

李小芸嘆了口氣。「嗯。」

李桓煜這一走，足足走了半月才被聖上從宮裡放出來。

這段時間發生了好多事情，其中以當年支持五皇子奪嫡的一些官員紛紛出事最為醒目。

鎮南侯府的大門快被人踩破了，日日有人來送禮。

李小芸不勝其擾，索性裝病閉門謝客。

李桓煜一回府便跑著回後院，問道：「夫人身體如何？難不成真病啦？」

丫鬟剛要開口就被他甩在身後，反正見不到侯夫人，說什麼侯爺都是不信的。

屋內，李小芸哄睡完澤哥兒，交給奶娘，發現門口站著個人，正是風塵僕僕歸來的李桓煜。

他身上還穿著走時那身藏藍色袍子，眉眼聚攏，快速走過來一把將她摟入懷裡。「怎麼身體就微恙了？」

李小芸咳嗽一聲，用力推他，卻如何都推不動。她臉一紅道：「那麼多人在呢。」

李桓煜抬眼看向四周，眾丫鬟頓時退去，奶娘也抱起孩子立刻離去。

李小芸苦笑不已。「你才回來就凶人？」

「誰凶她們了，沒眼力。」

李桓煜幾日不見妻子，心裡想得緊，手好像黏在妻子腰間，捨不得挪開半分。他索性將李小芸攔腰抱起，走向床鋪坐下。

「想我了嗎？」

李小芸一抬頭，觸到他的唇角，又害羞地低下頭。

她和李桓煜明明十分熟識，但每一次的親密接觸都令她心跳加速，尤其是想起夜裡的事，她就恨不得尋個洞鑽進去。

「嗯？」李桓煜不高興地揚起眉。「想我了吧？」

李小芸輕輕點了下頭。

李桓煜見狀，立刻眉開眼笑，用力親了下她的額頭。「我也想妳了。」

「別鬧，宮裡怎麼樣？為何現在才回來？」

李桓煜愣了下，道：「太后娘娘，哦，現在應該叫太皇太后娘娘了，想讓我接手歐陽宇的西山軍。」

歐陽宇是歐陽穆的嫡親弟弟。

李小芸一怔。「這……豈不是把你推到歐陽家的對立面？」她有些難以置信。

「因為我曾在歐陽穆大哥麾下從軍，皇上對於我去軍中並無異議，還認為歐陽家可能比較容易接受一些。」李桓煜輕聲說道，眼神一黯。

想當初，六殿下、歐陽燦還有他，可是極其親密的三兄弟呢；如今六殿下才登基，就有瓜分歐陽家軍權之意。

「煜哥兒，你怎麼想？你去哪兒，我就去哪兒，不管是得罪誰，我都跟著你。」

李桓煜望著小芸溫柔的笑容，點了下頭。「我也只想和妳在一起，權勢什麼的我都沒有興趣。」

「可是你是鎮南侯呀，還是國舅爺，以後白姊姊也要靠你呢。」

李桓煜有些失落道：「歐陽家的春姊兒年後就要進京了，她還是個小姑娘呢，皇上又和白姊姊感情那般好，唉……不過看太后娘娘的意思，待日後選秀一開，後宮四妃至少該有歐陽家女子的位置。」

李小芸腦海裡浮現出白若蘭稚氣的笑容，不由得心頭一酸。「你先別那麼悲觀，六殿下自從監國後，多少人想給他送侍妾，他一個都沒有收，白姊姊和他感情是極好的呢。」

「但願吧，他是皇上，終歸不同，關鍵還是子嗣，可我姊姊至今未孕。」李桓煜雖然和白若蘭不親，但畢竟血緣相連，況且得知身世後白若蘭待他確實偏愛，所以他頗替白若蘭著急。

「相信六殿下吧，許多人還不看好你我呢，如今……也挺好的……」她瞇著眼睛看向夫君。

李桓煜不由得正色看向妻子，昏黃的燭光下，李小芸柔情似水的眼眸如同記憶深處般清晰深刻。

小別勝新婚，他慢慢抬起手，帶著她來到床上躺下，聲音帶著一抹沙啞。「那倒是……我們都有三個娃了……」

李小芸臉上一熱，臉蛋像顆紅蘋果般特別誘人。

李桓煜貼在她身上，下巴抵著她的唇角。「小芸，我雖然接了這份差事，卻也換來半年的休息。」

「休息？」

「嗯，太皇太后許我出京了。皇上不能立刻奪回軍權，這事情也著急不得，再加上近來尋我辦事的人實在太多，我就想著要出去避避風頭。」

他一邊說，修長的手指一邊順著李小芸白淨的脖頸處，解開一顆顆釦子。

李小芸身子一僵，故作冷靜道：「哦，那……那你想去哪兒？帶著念哥兒和澤哥兒嗎？」

「他們？自然是不帶的……」李桓煜的手伸入妻子的衣裳裡，輕輕一捏。「我想妳了，小芸……嗯，我的芸兒……」

李小芸在他的擺弄下化為一灘水，她望向那雙得意洋洋、帶著笑意的眸子，有些不甘心地回嘴道：「知道了，那麼硬……」

「還敢嘲弄我？」李桓煜的手勁更大了，他用腳踹下帷帳，大手一揮燭火便滅了。

沒有光亮的夜色，瀰漫著一道道輕吟細語，似水的聲音裡飽含著道不明的柔情。

（二）

遠行前，李小芸特意去和師父李蘭道別。

如今為了顧繡，李蘭坐鎮京中。

李小芸帶了一些禮物，吩咐人搬進去。李蘭府上如同她的娘家，她每次回來倒是不需要人引路，直奔後院。

冬日裡，道路兩旁的樹枝光禿禿的，四處透著敗落的痕跡。

她才走到院門口，就發現大丫鬟嫣紅正愁眉苦臉地迎面而來，詫異道：「怎麼了？」

嫣紅一怔。「侯夫人來啦，李蘭師父在屋子裡呢，就是……」

「就是什麼？」

李小芸見她面露難色，焦急道：「我師父怎麼了？」

侯府事物繁忙，她有一段時間未曾來看望李蘭。

嫣紅嘆了口氣。「夫人快進去看看吧。李蘭師父不知道為何，近日來吃得極少，總發呆，誰說話都聽不進去呢。」

李小芸抬腳跑進去，看到李蘭坐在書桌旁，此時正托腮失神地看向窗外的院子。

「師父！」李小芸走上前。「在想什麼？怎麼這般瘦了？上次來看還不是如此，過幾日新哥兒回來了，您豈不是會讓他掛心？」

李蘭一怔，揚起唇角說：「妳怎麼來了？最近煜哥兒很忙吧，妳居然能得空出來？」

李小芸臉上一紅。「我們打算去東華山住一段時間，那兒有溫泉，還有獵可打，待到過年再回來。師父您若是心情不好，不如隨我們同去吧？」

李蘭失笑，戳了下她的額頭。「傻姑娘，你們帶孩子去嗎？」

李小芸搖搖頭。「煜哥兒不讓帶。」

「那妳還帶我！豈不是讓煜哥兒在心裡罵我沒眼力？」李蘭輕笑道。

「他敢！」李小芸微怒。「您總歸和別人不一樣。」

兩個人一路從小鄉村走出來，若是沒有李蘭，她的命運還不曉得會如何淒慘。

「煜哥兒是個有心的，妳成親後在娘娘的嘮叨下不停生孩子，現如今小的總算離得開，妳就別再冷落夫君了。」李蘭勸她。

「知道啦！」李小芸不情願地說：「你們都向著小不點。」

李蘭抿嘴，嗯了一聲。

「那是因為煜哥兒對妳好，沒讓我們失望。」

李小芸眼底揚起一抹溫馨的笑意，他們成親四年多，煜哥兒卻是越來越離不開她，比兒子們還像個小孩子。

「哎呀，快別說這些，您到底怎麼了？我可是聽嫣紅說了，您不好好吃飯！」李小芸故作生氣，埋怨地看著李蘭。

李蘭怔了下，下意識握緊手心。

李小芸低頭看過去，有一封信函在她手裡，她伸手搶過來，一看——「咦？」

這是一首情詩。

李小芸詫異地看了一眼李蘭，發現師父滿臉通紅，伸手就要過來搶信函。

李小芸退後一步，試探道：「這是誰給師父的？」她的腦海裡浮現出一個名字。「夏子軒大人嗎？」

李蘭窘迫地低下頭，兩隻手揪著衣衫，輕聲嗯了一聲。

李小芸望著師父一張絲毫不輸給年輕女孩的美貌容顏。「幹麼不好意思，師父，你們……你們明明是夫妻呀。」

李蘭眉頭聚攏，咬住下唇。「誰和他是夫妻，新哥兒長這麼大，他關心過嗎？」

李小芸忍不住為夏子軒說話。「我聽如意姊姊提過，其實那些年他都有寄錢給你們，只是避不見面而已；再說，他不見你們也是為了您和新哥兒啊。」

「我不會原諒他的。」李蘭堅定道。

「師父……」李小芸坐了下來。「能告訴我您的心結嗎？是因為夏樊之大人嗎？其實從他這些年的言行來看，他是後悔的……再說，這和夏子軒大人也沒多少關係。夏大人三十多歲了，除了師父您之外沒再另娶，可見心裡只有您。」

說到此處，李蘭臉色微微有些動容，她想了片刻，又搖搖頭道：「不成，不能如此……為了怕他夏家搶兒子，我還令新哥兒改姓，為了這件事情祖父至今仍不肯見我，怕是一輩子都不會原諒我，我哪裡能和他在一起？」

「師父……您雖然這般想著，可是心底明明對夏大人有情，才會如此煩惱吧。」

李蘭用力搖頭。「小芸，這事妳不要管我。如今新帝登基，有著妳和煜哥兒這層關係，我也不怕夏家如何。我上個月便同新哥兒通信，讓他今年回李家村過年。其實當年若不是李家村肯收容我們母子，我的日子根本無法安穩下來。」

李家村……

李小芸心頭一震，這三個字竟是好久不曾出現在生活裡。

如今為人母，有了三個可愛的孩子，她對父母的埋怨卻是少了一些。或許他們並不愛她，但是至少給了她來到這世上的機會。

「妳爹娘沒再來過京城尋妳吧？」李蘭望著她，輕聲詢問。

李小芸搖搖頭。「關於李家村的事情，煜哥兒都瞞著我，我不曉得……」

「妳受爹娘傷害那麼大，煜哥兒自然不會讓他們輕易接近妳。唉……其實這些年過去了，若是有機會，就回去看看吧。血緣是打斷骨頭連著筋，年歲越大，越禁不起回憶。」

「我懂……」李小芸扯了下唇角。

「師父，您能勸我，為何不勸勸自己呢？有一年我和煜哥兒去海邊，手裡攥著沙子，我攥得越緊，它流得越多……後來索性不攥了，任由它被踩在腳下，那才是屬於它的世界。凡事不要勉強，日子還長，我們昨日還念叨著的怨恨，可能很多年後回想，記都記不住，莫讓恨意蹉跎了大好青春啊。」

「知道啦，就妳說得多……」李蘭敷衍道，依然是不想面對。

入夜後，李小芸躺在床上。

李桓煜見她不說話，詫異道：「今日去李蘭姊姊那兒了？為何悶悶不樂的？」

李小芸輕聲嘆了口氣，道：「煜哥兒，等過年後，咱們回趟李家村吧。」

李桓煜身子一僵。「為什麼？」

「我……我想看看他們。」

李桓煜胸口處一堵。「看他們做甚？當年他們害得妳還不夠慘嗎？」

李小芸見他臉色一沈，急忙轉身趴在他的身上，柔聲道：「桓煜……」

她的嗓音很輕，好像一根羽毛撓著心臟，李桓煜瞬間投降，悶聲道：「嗯？」

「別生氣嘛。」

李桓煜咬著牙，右手攔住李小芸腰間。「能不生氣？妳不記仇，我可是小心眼的。」

「嗯，你待我最好啦。」李小芸拍馬屁道。

李桓煜十分受用。「那是自然。」

「那就依著我回趟李家村唄。」

「好……不成！」李桓煜差點順嘴回道。

他捏了下李小芸的腰。「好呀，為了那些欺負過妳的人，妳開始糊弄夫君了？」

「桓煜……」李小芸溫柔地看著他。「就當是陪我了卻心願吧。」

李桓煜怔住，定定地看著李小芸，良久才說：「好吧，不過醜話說在前頭，若是誰敢出言不遜，妳不許阻礙我懲治他們！」

「好！」李小芸心滿意足地點了頭，飛快地親了下李桓煜的額頭，立刻又縮回被窩裡。

李桓煜唇角不由得揚了起來。

李小芸來了月事不方便，兩個人就這麼躺著，燭火被吹滅，良久，李桓煜開口道：「小芸，妳睡得著嗎？」

李小芸睜開眼睛，眨了眨。「倒是沒睡著呢。」

她等了下，發現被窩裡鑽進來一隻手，手掌打開，將她的手握在手心裡。「怎麼會是涼的？」

「每次來月事身子總會偏寒一些。」李小芸紅著臉，小聲道。

「那肚子痛嗎？」李桓煜蹭了蹭靠近她，沒一會兒把腿腳都伸進來。「我給妳捂著。」

李小芸蚊子聲似地應了聲。「女人這時候不乾淨，我怕你沾了血。」

「沒事，以前妳都不會痛，知道為什麼現在會痛嗎？」李桓煜一本正經起來。

李小芸挑眉掃了他一眼。「你想說什麼？」

「哼，就是瘦的！」李桓煜將一隻手心覆蓋在她的肚子上。

「以前胖胖的多好，偏學李小花減肉，瘦有什麼好？枕著都不舒服了。」

李小芸望著他不甘心的樣子，失笑道：「瘦了好看呀，我若是大胖子，你豈不是會被人說三道四？如今我不算醜，還有人說你閒話呢。」

「管他呢？誰敢當著我的面說……」

李小芸琢磨片刻。「是啊。」

如今敢得罪他們的人基本不復存在了，就連皇上都向著李桓煜，畢竟他們是一同長大，他還是聖上的小舅子。

「小芸，別人都當我是任性，其實我心裡跟明鏡似的。」

黑夜裡，李桓煜突然開口。

李小芸抬起手撫著他的長髮。「我曉得。」

「六殿下登基後，他心裡一邊說不希望我們改變，他自己卻一邊變著，所以我才更不能變。我若是真成了老謀深算之人，皇上怕是反而會遠了我。」

李小芸心裡咯噔一聲，沒有說話。

「瓜分歐陽家軍權的提議雖然是太皇太后暗示的，她私心想讓我重新扶起鎮南侯府，可是皇上卻沒有反駁，反而順水推舟。他同歐陽穆大哥等人可都是小時候便在一起的，比和我的感情還深呢，最後都要如此……所以說權勢害人，我真心不曾留戀。」

「煜哥兒……」

「但是，只有妳……」

李桓煜抬起頭，一雙墨黑色的眼眸閃閃發亮。

「只有妳，我小時候就同妳一起，妳受的苦，我都看得到。我會從軍、我會當官、我願意做侯爺，都是為了讓妳驕傲。」

李小芸的視線模糊起來，她輕輕地揉按著李桓煜的背脊。「知道啦，煜哥兒，我的小不點……」

「嗯，妳的，我們絕不分開……」

李小芸眼前一黑，感覺到濕乎乎的唇角親吻著自己的淚水，她破涕為笑。「討厭，這樣好癢……」

「再胖點就好了。」李桓煜不由得遺憾道：「臉再大一點，就不怕會怕癢了。」

「謬論……」李小芸輕斥。

「胖一點嘛……這樣還可以有地方多親一下。」李桓煜的言辭隱隱透著幾分撒嬌。

「明日讓人燉豬骨湯，妳太瘦了。」他的手掌來到李小芸腰部以下，「嫌棄」道：「以前這裡都是肉肉的。」

李小芸被他揉得渾身軟綿綿的。「別鬧了，我肚子還痛呢。」

李桓煜不情願地停下動作，蜷著身子進了她的被子裡，手覆在她的小肚子上。「閉眼，我給妳揉著睡。」

李小芸甜蜜地閉上眼睛，耳朵又被人咬了一下，癢癢的。

兩個人就這般親親熱熱地進入夢鄉，屋外守夜的丫鬟們彼此對視一眼。「咱們家侯爺真是癡情呢，這都多少年了，眼裡誰都看不進去，除了夫人。」

「是啊，感情真令人羨慕。」

「我記得夏家要咱們陪嫁的時候，還說過欣榮是要……」

「別胡說！」另外一個丫鬟打斷她。「這話若是傳出去，是會要人命的，但凡惹夫人不高興的，侯爺都私下處理了。」

小丫鬟哦了一聲，不敢再亂開玩笑。

欣榮本是要過來看下是否需要夜宵，此時正巧走到假山後面。她皺了下眉頭，當初她不是沒有過亂七八糟的心思，面對這般英俊專一的小侯爺，誰不想投懷送抱？

可是侯爺在李小芸懷孕時，寧可離家去歐陽家住著，都不肯在侯府獨守空房傳出流言蜚語，傷著夫人呢。

此種真情，誰還敢有其他心思？

若是來生可以遇到這般如意郎君，是任何女人的幸事吧。

（三）

年後，李桓煜如約陪同李小芸回家鄉看看。

易如意聽說李小芸回來，早早派人前去驛站接他們前往易府暫住。

李小芸一行人並未知會當地衙門。

李桓煜當年曾在龍華書院讀書，他送小芸來到易府後，便前往書院看望黃院長。

易如意剛剛成親，郎君是入贅女婿，有一半西涼國血統。

李小芸帶著四個丫鬟前往大堂，她身穿一件淡粉色襖裙，白皙的皮膚在日頭下越發顯得精緻好看。墨色長髮盤在腦後，露出飽滿的額頭，髮簪則很有異域風情，是宮裡貢品。

易如意出門相迎，兩人在院子裡就擁抱在一起。

旁邊時不時有府裡下人偷看，都暗道這位極具風韻、氣質如此貴雅的客人是誰呀？

李小芸兩隻手和易如意的手攥在一起。

易如意的眼眶紅了，哽咽道：「幾年不見，小芸妳派頭十足呀。」

李小芸憨然一笑。「如意姊姊就別笑我了，別人不曉得我的出身，您還不瞭解嗎？」

「那又如何？」易如意不置可否道。

她挽著她的手臂，迎向屋內。

「妳可不曉得，因為妳是從我們如意繡坊出去的，有些人巴結不上鎮南侯府，便年年往我這兒送禮。還有京城的繡娘子比試，如意繡坊已屬於常駐繡坊，不需要當地官身推薦初選呢。」

李小芸挑眉道：「那還不好？」

「好什麼呀！一堆不認識的達官貴人找上門，我心知對方看上的定然不是如意繡坊，卻又沒法明說。」

「沒關係，如意姊姊就收下吧，反正他們也沒明說，我曉得了。」

易如意笑著打量她。「聽說妳生了兒子啦。」

李小芸羞道：「嗯，有兩個哥兒，都在京城，大姊兒住在宮裡。」

「宮裡什麼樣子？那些貴人們是不是都是絕色？」易如意目光閃閃。「小芸，真沒想到煜哥兒是鎮南侯府後裔，身分這般尊貴。當初我們家應該沒有做對不起他的事吧？」

李小芸望著易如意擔憂的臉龐。「如意姊姊，您別這麼試探我，當年你們那般幫我，我不會忘記的。」

易如意尷尬一笑。「小芸，不瞞妳說，妳和煜哥兒回來的事情我已經和郡守大人說了，他老早就來同我打聽，如意繡坊畢竟是本地的繡坊，我沒法瞞著他避而不談。」

「沒關係，他早晚都會知道的。」

「不過我有和大人提及你們不想太聲張，所以並未鋪張相迎，但怕是一頓接風宴是跑不了的。」

李小芸點了點頭，此次回來她有事先想到或許會需要應酬。

她不由得想起當年參加黃怡舉辦的詩會，當時大家都以拿到請帖為榮，此次接風宴，她卻成了黃怡的角色。

「還有妳爹娘……」易如意欲言又止。

李小芸面露苦澀。「他們……可安好？」

「挺好的，就是妳爹……納妾了妳曉得吧？」

李小芸愣住，無奈道：「都一把年紀了，何時納的？」

易如意不好意思地看著她。「當年小花給妳爹寫信，讓他們上京尋妳，我為了阻撓他，就用了美人計，說起來，我還有些責任。現在李家村是鎮南侯和李邵和大人的老家，很多富紳巴結你們不成，都主動給李家村送錢，蓋這蓋那的……李村長日子自然不會過得太差，所以就納妾了。」

「唉……」李小芸嘆了口氣。

父母的事情，子女又能如何？只是沒想到還是這般荒唐。

午後，鎮南侯抵達東寧郡的消息不脛而走。

郡守大人本就在龍華書院候著，所以早早就見到了李桓煜。這位郡守大人姓王，去年剛剛上任。

前任郡守大人早就被太皇太后處理掉了，據說整個家族都被牽連進去，誰叫當年讓她李家孫兒受了莫大委屈。

王大人考量到鎮南侯不僅是太皇太后的手心肉，還是皇帝眼前的紅人，所以面對他的時候分外恭敬。

李桓煜聽說有接風宴，沒有答應下來，而是說：「我夫人正在如意繡坊，我去尋她商量一下，若是她不累，我們才會參加。」

王大人一怔，連聲稱是。

好在易如意那兒他已經走通關係，看來鎮南侯一切要事都以夫人為主的傳言不假。

「對了。」李桓煜突然回頭，垂下眼眸道：「金家現在還有人在東寧郡嗎？」

王大人愣住，低下頭恭敬道：「三年前金縣長便被劾奏草菅人命，後來又同漠北鹽稅銀案扯上關係，早就落魄了。」

李桓煜冷哼一聲，並沒有多說什麼。

李小芸給了易如意面子，答應出席接風晚宴。

東寧郡的官員富紳們恨不得都趕過來在侯爺面前露臉。

新帝登基，很多同當年皇子奪嫡有微妙關係的人家想要表忠心，所以這場接風宴空前浩大。

易如意自然也是座上客，風光無限。

李小芸身穿粉色襖裙，綢緞上的繡花針法極其精緻，映在光線下刺人眼目。她唇上的胭脂是李桓煜親自點綴的，嫩嫩的皮膚白皙剔透，眉眼間一張一合，光彩照人，令旁人黯然失色。

易如意有些失神，眼前的景象彷彿回到了多年前，那時候的李小芸從鄉下進城，身上揹負著同縣長傻兒子的婚約，後有豺狼虎豹般的父母，她也是這般站著，目光堅定，從未想過屈服。即便模樣普通，身材肥胖，依然一身傲骨，對未來充滿自信。

現在，一切可不是成真了嗎？

回首過往，今日種種是如此不真實，卻又如此真實。

李桓煜面容俊朗，緊抿著薄唇，冷冷地看向各路示好的人物。

尤其是面對一雙雙充滿愛慕的目光，他全部置之不理，眼底，只有妻子李小芸的身影。

也唯獨在看向夫人的那一瞬間，他會輕扯下唇角，從主位走下來伸出手迎向妻子，溫柔道：「又為了我的臉面，特意妝點了吧。」

李小芸掃了他一眼。「我是愛美，不願意被人比下去罷了。」

「哦。」李桓煜不反駁，親暱地捏了下她的手心。「夫人上座，妳不來，我心不在焉，美酒佳餚是吃不進去的。」

他的聲音不大不小，卻足以令旁人聽到，李小芸面紅耳赤，責怪似地瞪他一眼。

所謂接風宴，不過是送禮環節。

眾人討好的目標無一例外都是李桓煜，他在京中為官數年，倒也應對得當，只是始終冷冰冰的，令人看不出心緒。

李小芸見慣大場面，此時應付當地婦人倒也得心應手。

李小芸招待完官家夫人，目光一直注意著宴會角落，企圖尋找娘家人。

莫非沒有人來？

一場晚宴下來，大家都有些疲倦。

臨走前，易如意給李小芸帶來一名小姑娘。「小芸，這是妳妹妹，李小草。」

李小芸愣住，目光落在小草身上。她的皮膚黝黑，穿著淺色粗布衫，顯得很不起眼。

「過來。」李小芸喚她。

她記得她進京前母親生了一對雙胞胎，其中還死了個丫頭，這姑娘應該就是那雙胞胎中活下來的孩子。

李小草揪著衣襬，向前走了一步，行了大禮。

她不敢喚李小芸姊姊，只道：「夫人。」
李小芸握住她的手，發現她的手心全是繭子，不由得心頭一軟。「娘……可好？」
李小草偷偷抬眼看她，始終無法相信眼前仙女似的女子竟是她的親姊姊……她小聲道：「挺好的，只是爹喜歡二娘，所以娘偶爾會和爹吵架，但是有哥哥們在呢，爹也不會多說什麼。現在村子富了，我們蓋了兩個院子，日子也還好吧。」
李小芸嗯了一聲。「家裡活計誰來做？」
「我。兩個嫂子還要帶孩子……」
這小姑娘是在李家最不好的時候被生下來的，怕是同父母都不親。李小芸彷彿看到曾經的自己，心裡感慨萬千，眼眶發酸，落了淚。
李桓煜從外面進來，一看便急了。「誰惹夫人哭的？」
他冷眼看向李小草。
「你吼什麼，她是我妹。」李小芸揪了下他的衣服。
李桓煜皺著眉頭道：「就說不應該讓妳回來，瞧瞧，肯定是想起傷心事了吧。」
李小芸搖搖頭。「只是覺得這孩子不容易。」
她看向李小草，問道：「妳是女孩，日後爹娘有兄長扶養，妳可願意和我進京？」
李小草愣住，搖搖頭。「不成，我要留下來陪娘。」
李小芸一怔，點了點頭道：「好孩子，辛苦了。」

「沒關係的，夫人。」

「還叫什麼夫人？我是妳姊姊。」

「姊……姊姊……」李小草臉紅一下，結巴道。

「我令人安排妳住下，明日一起回家。」李小芸吩咐道。

李小草點了下頭。「姊姊，妳和小花姊姊……長得好像呢。」

李小芸渾身僵住，詫異道：「妳見過小花？」

「嗯，小花姊姊如今就在家裡住著，娘還想給她說親呢。」

咣噹一聲，李小芸手裡的杯子掉到地上，李桓煜攥住她的手。「沒燙著吧？」

兩個人對視一眼，遣散眾人。

「煜哥兒，看來我爹娘還是心軟，把小花從廟裡接回來了。」她有些愧疚地望著李桓煜。「這要是傳到京城，會不會……」

若不是因為小花是她的孿生姊姊，當年李桓煜不會進宮求太后娘娘放她一條生路，讓她去寺廟帶髮修行。

李桓煜嘆了口氣。「李小花是先皇妃子，本應殉葬，或者為先皇守孝一生。」

李小芸心裡思量一番。「煜哥兒，這次我聽你的。你先把話和郡守大人說清楚，他們以為不得罪我爹娘就等於討好我，但是我可受不起。大黎有法制，你立刻修書一封回京城，言明來龍去脈；如今六殿下剛登基，其他皇子勢力尚未滅絕，若是誰想抓住你的把柄對付皇上，那真是有理說不清。」

李桓煜深深地看了她一眼。「我以為妳會念著血肉親情，求我幫忙呢。」

李小芸臉上一熱。「輕重緩急我分得清楚。她好歹伺候過皇上，皇上的女人哪裡能輕易……總之一切以你的前途為重，我不想總是拖累你。我當年便說過你不用幫她，我和她的情分早就盡了。」

「誰讓她終歸是妳姊，不過，小芸，妳能為我著想、向著我，我高興極了。」李桓煜唇角揚起，甚是欣慰。

「誰向著你啦？我是怕害了孩子們。」李小芸紅臉道。

「我知道妳臉皮薄，就是怕我被牽連嘛。」李桓煜得意地親了她一口。

李小芸無語淺笑。

夫妻是什麼？便是都想為了對方好……

次日一早，李小芸和李桓煜換上便裝，乘坐馬車回到李家村。兩個人趴在車窗邊，津津有味地瞧著路邊風景，都不覺得累。

「你看那酒樓，我記得當年還是一片荒地。」

「還有那片馬場，原本都是樹……」

「變化真大。」李小芸感慨道，看向李桓煜，兩個人都笑了起來。

李桓煜伸出手，將她額前的碎髮攏在腦後。

「唯獨不變的是妳、我。」

李小芸嬌羞一笑，拍掉他的手。「老夫老妻了，別這樣。」

李桓煜見她臉蛋紅撲撲的，忍不住撲上去調戲一番，直到車伕揚聲道：「到啦！」

李小草坐在車伕旁邊，一路上聽著車內侯爺夫婦的對話，不由得納悶，這兩個人怎麼跟小孩子似的？她都比他們成熟呢。

興許是這種感覺，令李小草不再害怕李桓煜和李小芸了。

李桓煜跳下馬車，伸手抱下李小芸，回過神見李村長已經低頭站在門外，有些拘謹。

李小芸咬住下唇，望著遠處站成兩排的家人，猶豫片刻，說：「爹、娘……」

她剛喊出聲，李村長就差點跪在地上。

李小芸急忙扶起父親。「快別這樣。」

李村長尷尬地看著她，還是對李桓煜行了禮。「路上累了吧，屋裡擺了飯。」

夏春妮站在第二排，她的模樣老了許多。家人中並未見到李小花的身影，兩位兄長也對李小芸客客氣氣的，完全是招待貴客的樣子。嫂子們無法相信眼前的貴婦人居然是記憶中的胖妞李小芸，言談間充滿敬畏，很是謙卑。

李小芸心知怕是一輩子都回不去了……

唯獨小草，姊姊長、姊姊短地叫著，時不時還要面對李村長和夏春妮示意她不許放肆的目光。一家人坐在一起吃團圓飯，她帶了些玩意兒，都被姪子、姪女們爭搶，微微緩解了氣氛。

午飯後，夏春妮拉著小芸說話，良久後才道：「小芸，小花……」

李小芸愣了下，才想起李小花的事情。

夏春妮抹了下眼角。「昨日半夜，小花被官府帶走了。」

李小芸怔住，沒想到官府行事這般快。

「小芸，小花是妳親姊姊，她命苦，沒了孩子，還那麼年輕，妳能不能……」

李小芸皺起眉頭，李桓煜卻推開屋門跨步進來。

夏春妮立刻沒了聲音，不敢再說什麼。

李小芸心裡有些發涼，依偎在李桓煜懷裡，一起走出了木屋。他們站在熟悉的院子裡，追憶往事，直到小芸莫名哭了起來。

「煜哥兒，我娘還是更愛小花……不管小花變成什麼樣，她都想著小花姊。」

冷風裡，越發顯得李桓煜的懷抱特別溫暖。

李桓煜揉了揉她的臉頰，輕聲道：「所以我想，也許上天是公平的，祂分給每個人的愛是有限的，若是妳娘多疼妳一分，我的愛會不會就少一分？妳想要誰的愛呢？」

李小芸猶豫片刻，破涕為笑。「傻瓜，我寧願要你的……我不缺愛呢。小花現在的境地確實淒慘，雖然都是她自己造成的結果，那麼就讓娘多愛她一分吧，我不難過了。」

李桓煜從背後環住她的腰間，額頭蹭了蹭她的耳朵，頭靠在她的肩上。「這就對了。小芸，妳很好，妳孝敬父母，雖然他們待妳一般，妳心裡卻永遠懷著感恩之心。我想，妳娘肯定是愛妳的，只不過更愛李小花而已；就好像我更愛妳，然後才是孩子們一樣。」

李小芸調侃道：「真沒想到有一日，你會為我爹娘說話。」

李桓煜臉頰一紅。「還不是為了寬慰妳。」

兩個人又打鬧起來，那分積壓在李小芸心底的心結，似乎已經解開了。

晚上，大家坐在一起吃飯，氣氛融洽。

夏春妮還想為李小花求情，看向女兒淺淺的笑容，終歸是閉上了嘴。若是小花沒伺候過皇上，怕是什麼都好說吧？她心裡何嘗不明白，只是想著煜哥兒如今一人之下、萬人之上，若是願意幫小花……

入夜後，李桓煜和李小芸住進了當年兩個人一起待過的小屋子。李村長很有心，這處屋子雖然破舊卻始終有修繕，而且並未重建。

咚咚咚。

李桓煜才要撲倒李小芸，就聽到門外有人敲門。

他皺了下眉頭，不情願地穿上衣服。

李小芸推門一看，竟是李蘭。

李蘭比她早一個月回到李家村過年。

「快進來，外面冷，您怎麼穿得這般少？」

李蘭臉上一紅，沒好意思進門，說：「小芸，妳家房間多，給我騰一間吧。」

「啊，出什麼事了？」李小芸不解道。

李蘭扭扭捏捏，一言不發。

李小芸猶豫片刻。「新哥兒回來了嗎？」

李蘭想了下，點點頭道：「因為邊疆大雪，延遲了行程，今日剛剛到家。」

李小芸怔住。「既然如此，師父幹麼往外跑？」

李蘭結巴道：「這小子真是……白眼狼！」

「可是出事了？」李小芸始終沒想明白。

李蘭咬住下唇，眼底浮上幾分焦躁。「我心心念念盼著他歸家，沒承想，他竟繞道去了江北見夏子軒，兩個人一起回來。」

李小芸忍不住覺得好笑。「師父，人家父子終於相認，難道不是好事嗎？」

「好什麼呀？他憑什麼就帶著夏子軒來了？」李蘭跺腳，很是生氣。

李小芸寬慰道：「師父，夏子軒從您這裡找不到路可走，找上親生兒子也說得通，如今，你們一家三口終於團聚了。至於李家接受不接受夏子軒，他既然敢來李家村，自然是做足被宗族長老討伐的心理準備，或許他更想感謝這些當初照顧過你們母子的人吧。」

「我……我過不去那道坎……」李蘭皺著眉頭，像個孩子似的。

踢踏踢躂的馬蹄聲音由遠及近，李小芸抬眼望去，有人騎著馬匹追了過來。

她還想說什麼，身後的李桓煜一拉她，砰的一聲，關上大門。

李蘭嚇了一跳，咚咚咚地猛拍門。

李桓煜捂住李小芸的嘴巴，小聲道：「人家夫君都追來了，妳湊什麼熱鬧？」

「外面冷，我瞅著師父穿得好少。」李小芸急道。

「那正好讓夏大人給她衣服穿，妳呀……管太多。」

李小芸張嘴反駁，李桓煜嫌她聒噪，索性低下頭堵住她的嘴，一路深吻下來，良久，才依依不捨地分開，李桓煜指了指窗外。「聽，動靜小了……」

李小芸摸了下紅腫的唇，狠狠瞪了李桓煜一眼。兩個人回過頭，透著門縫看向外面。

大雪紛飛、銀妝素裹的夜晚，夏子軒一把將李蘭攬入懷裡，輕聲細語地說著什麼。

「瞧，我就說妳不要多事。」

李小芸來不及反駁就被李桓煜抱了起來。

她驚慌失色地亂踹一通，最終還是來到床上被李桓煜壓在身下。

四目相對，整個世界似乎都安靜下來，只聽得見彼此的呼吸聲。她的身體漸漸發熱，李桓煜的喘息聲亦漸漸加重。

「煜哥兒……」李小芸盯著他，望著眼底滿是情慾的夫君。

一陣北風將窗戶吹開，呼嘯而過。

屋內寂靜，山水清涼。
很長時間，李小芸覺得自己整個人都沈浸在那雙深情的眸底，無法自拔。
李桓煜低下頭，貼著她的臉，身子亦緊緊貼住她，唇角在她耳邊呵氣。「我的身子，我的人……」
似乎是乾柴遇到烈火，熏煙裊裊。
屋外，亦情意正濃，將雪地的寒冷徹底融化。

李小芸在老家過完年，算是了卻一樁心事。
父母兄弟們待她客氣有加，甚至是有些唯唯諾諾。
李小芸感嘆世事無常，人這一生際遇各不相同，或許對於父母來說，他們的女兒李小芸早就不存在了；如今的李小芸是侯夫人，皇親國戚。
李桓煜一進屋，便看到李小芸神色落寞。
他走上前從背後攬住她，輕輕地說：「大家相敬如賓也好。」
又蹭了蹭她的髮絲。「他們從未愛妳，自然不曉得妳心底的痛處。如今妳我位居高位，他們只怕會以小人之心度君子之腹，怕妳報復呢；唯獨我曉得，妳不過是念著父母兩字的那一點溫暖。」
「桓煜……」李小芸回過頭，入眼的一雙墨色眼眸，清晰地刻印著自己的臉龐。

「別想了，妳我注定有另外一種人生。稍後進城，我還有個驚喜給妳。」李桓煜眨眨眼睛，欲言又止。

「嗯？」李小芸挑眉，卻在李桓煜突如其來的深吻下，不再言語。

他們兩人離開時，李村長和夏春妮小心翼翼地站在門口相送，李小芸見他們過分拘謹有些難過，便急忙上了馬車，揮手讓他們離去了。

她終是可以和李家村徹底說再見。

一路上，李小芸不願意言語。

進城後，發現馬車不動了，她詫異地問道：「前面怎麼回事？」

李桓煜神秘一笑，跳下馬車。「我們走過去。」

李小芸穿著一身淡綠色長襖裙，上面的繡圖樣式清新，針法與眾不同，是專門給太后製衣的繡娘子們做的。她身材高䠷，梳起來的髮髻襯托著一張面容清貴異常，時不時有經過的路人會多看她一眼。

李桓煜吃醋，便拿起面紗遞給她。「嗯。」

李小芸無語，知道他心眼小便沒有多言，透過白色絲紗環視四周，這熟悉的街道倒是沒有太大變化。

李桓煜攥住她的手，握得很緊，一步步上前，來到人群處。

忽然，一陣炮仗聲響起，嚇了李小芸一跳。眼前的人群自動讓開一條道路，讓他們走進來。

李小芸捂著鼻尖，仰頭一看，四個大字映入眼簾。

顧氏繡坊

她微微一怔，不由得看向李桓煜。

「小芸師父來啦。」易如意熟悉的嗓音從耳邊傳來，她和李蘭一起走過來。

李蘭看著李小芸一臉茫然的表情，詫異道：「莫不是煜哥兒都不曾同妳說？」

李小芸嬌憨一笑，捏了下李桓煜手心。

大門口處站著幾排少女，她們嘰嘰喳喳地在說著什麼，隨後不約而同地望向李小芸。

「小芸師父。」

李小芸不習慣地紅了臉。「師父這是打算留在東寧郡嗎？」

李蘭點了點頭，笑道：「新哥兒大了，總是要有自己的生活。顧繡技法不容失傳，也唯有妳我兩人可以授業教徒。我思前想後，決定回東寧郡開繡坊，這裡都是老朋友，我過得還舒坦一些。」

「師父……」李小芸心有不捨，她當年本是立志成為繡娘子，還在京城一戰成名，可惜侯夫人的身分終究限制了她。若是師父真願意開繡坊，倒也算完成兩人早年願望。

一行人走了進去，門口的小姑娘們便又討論起來。

「那位戴著面紗的就是小芸師父呀？她當年可給如意繡坊爭了大光，讓江南那頭的繡娘子們甘拜下風。」

「那她旁邊的男子豈不就是尊貴的鎮南侯爺了？」

「他們倆感情真好，侯爺從未鬆開過小芸師父的手呢。」

「是呀，當街都不避諱。日後我們也可以代表顧氏繡坊去京城參加比試呢，有鎮南侯府撐腰，肯定無人敢輕視咱們。」

「好了，先看如何成為真正的繡娘子再說吧。」一名年長女孩揚聲道。

她們是顧氏繡坊剛成立收的第一批學徒。

但是李蘭師父說了，這群人裡半年後會淘汰一批，不是所有人都可以留下來繼續學習，待日後顧氏繡坊步入正軌，也會像其他繡坊那般設立完整的考試制度。

屋內，李小芸見到夏子軒，不由得愣住。「夏大人。」

夏子軒直言不敢當，朝李桓煜行禮。李小芸看看他，又看看師父。「夏大人也打算留下來嗎？」

夏子軒臉上一熱。「我已經辭官。」

「啊……」李小芸驚訝道，隨後就想明白了。

夏子軒所屬的中樞監本就是直屬於皇上的私密部門，如今六皇子登基，他知道的秘密太多，不如告老還鄉。

李蘭沒好氣地掃了一眼夏子軒。「真是不請自來……」

夏子軒也不生氣，淡淡地笑了笑。

李小芸唇角揚起，若是夏子軒願意留下來陪伴師父，她倒是可以安心了。

窗外，一隊隊小女孩被領進來訓話，年長的繡娘師父給她們講解規矩，這一切落在李小芸眼裡不由得有些恍惚。

想起許多年前，似乎是個落英繽紛的季節，她懵懂地來到城裡，因為肥胖受盡羞辱，但是她從不畏懼，始終挺直身板，昂著頭一步步前行。從一個鄉下少女，走到今日，成為一品誥命夫人。

她垂下眼眸，看見李桓煜攥著她的手掌，胸口一暖，輕輕地握了一下。

從始至終，不管是患難還是富貴，煜哥兒始終陪伴在她身旁。

她所有的勇氣，都源自於愛。

桓煜，我們一定都會成為更好的自己。

這是當年她無比堅信地告訴煜哥兒的話。

李小芸唇角彎彎地盯著院子裡的女孩們，笑若桃花，美豔至極。

——全篇完

編註：

☆欲知歐陽穆與梁希宜的故事，請看文創風171-173《重為君婦》全三冊。

2015年3月出版

如意盈門

文創風 275～277

出身侯門，
別家的嫡女活似寶，自家的嫡女猶如草？
再不想辦法贏回自己的裡子和面子，
未免太愧對她「如意」之名了～～

宅門心計，鋒芒暗藏／暖日晴雲

身為侯府嫡女，雖名為「如意」，前世的她卻與此徹底絕緣，
貴為侯爺的老爹不疼也就罷了，
嫁作王妃竟還被側妃給扳倒，連自己的小命也賠上……
幸虧今生重來一回，讓她得以扭轉命運，
當初父親既以孝為由，將她們母女倆安置到莊子上冷待十年，
如今她也能讓母親以孝婦的美名風光地重回侯府！
不過，這侯門深似海還真所言不虛，
沈老夫人不知與長房結下什麼冤仇，一回府即給足下馬威，
平日更是處心積慮要她們母女倆難堪，
更別說在後頭窺伺家產爵位的嬸娘們了，各個都不省心。
可她沈如意也不是什麼省油的燈，
既然這宅門戰帖已下，
她也就摩拳擦掌，準備出招！

為流浪貓狗加油 和貓寶貝 狗寶貝

廝守終生(一定要終生喔！)的幸福機會

對人來說，貓寶貝狗寶貝只是生活的一部分，但妳（你）對牠們來說，卻是生活的全部，領養前請一定要考慮清楚——

▲ 渴望被愛的大橘

性　　別：男
品　　種：米克斯
年　　紀：4歲多
個　　性：不算怕生，喜歡人，愛吃，會撒嬌
健康狀況：已結紮
目前住所：新北市

本期資料來源：http://www.meetpets.org.tw/content/58975

『大橘』的故事：

大橘本來似乎是家貓，不知道為什麼流浪在外。被發現時，牠帶著太緊的頸圈，導致血液循環不良，幸好頸圈拿下來後一切恢復正常。發現牠的朋友送到醫院TNR，但牠好乖，乖順的模樣藏著一絲茫然，讓人非常心疼。

大橘不是怕生的貓咪，第一次和人見面，牠就會湊過去在腳邊磨蹭撒嬌，蓬鬆柔軟的橘毛、漂亮的大臉和大眼睛，看起來好像加菲貓～～但是這麼可愛的貓卻在短時間就換了3個環境和3批陌生人。一下子換太多次環境，可憐的大橘因而心理受傷，也產生陰影。

大橘剛來時，一摸牠牠就咬人。牠從以前的可抱可摸變成不完全信任人，時常擔心你可能要攻擊牠。後來大橘才慢慢地願意再度相信人，從一開始完全我行我素，變成會主動親近人，從剛來不爽的狂咬變成警告性的輕咬。甚至某天早上起床時，竟然看到大橘不知何時跑來躺在身邊呢～～

現在，大橘都會默默地陪我做事，上廁所時會在門口等，用電腦時會趴在旁邊，睡覺時也會主動上來陪伴。看得出來，大橘真的是很渴望被愛的貓咪。而這個渴望被愛的毛孩子，在尋找擁有耐心且對牠不離不棄的家人，如果有把拔或馬麻慧眼識貓，請來信jianwei.ciou@gmail.com，或來電0980866191，大橘在等你。

認養資格：

1. 認養者須年滿20歲，有獨立經濟能力，並獲得家人與同住室友的同意。
2. 非學生情侶或單獨在外租屋的學生，須能提出絕不棄養的保證。
3. 需同意送養人日後之追蹤探訪，需簽領養同意書和合照。
4. 領橘養者需有自信對大不離不棄，把牠當家人，愛護牠一輩子。
5. 不把貓關籠，且注意窗戶安全，認同「貓命第一」。
6. 沒有試養期，但如果人貓不合請盡早送還。

來信請說明：

a. 個人基本資料：姓名、性別、年齡、家庭狀況、職業與經濟來源等。
b. 想認養「大橘」的理由。
c. 過去養寵物的經驗，及簡介一下您的飼養環境。
d. 若未來有當兵、結婚、懷孕、畢業、出國或搬家等計劃，將如何安置「大橘」？

文創風
290

繡色可餐 4 完

國家圖書館出版品預行編目資料

繡色可餐 / 花樣年華著. --
初版. -- 臺北市 : 狗屋, 2015.04
冊 ; 公分. --（文創風）
ISBN 978-986-328-447-5（第4冊 : 平裝）. --

857.7 104003395

著作者 花樣年華
編輯 余一霞
校對 沈毓萍 馮佳美
發行所 狗屋出版社有限公司
地址 台北市104中山區龍江路71巷15號1樓
電話 02-2776-5889～0
發行字號 局版台業字845號
法律顧問 蕭雄淋律師
總經銷 知遠文化事業有限公司
電話 02-2664-8800
初版 2015年4月
國際書碼 ISBN-13 978-986-328-447-5
原著書名 《胖妞逆袭手册》，由北京晉江原創網絡科技有限公司授權出版

定價250元
狗屋劃撥帳號：19001626
網址：love.doghouse.com.tw E-mail：love@doghouse.com.tw